赤欄橋畔人青嵜
門前水花事自相
仍如何隔生死

題櫻草忌 秋櫻

—————— 阅读之前 没有真相

午夜文库

樱草忌

陆秋槎 著

新星出版社　NEW STAR PRESS

目录

1	樱草忌
183	天空放晴处
215	后　记
221	解　说

樱草忌
Le Deuil des primevères

Est-ce que le ciel mourra? Est-ce que tu mourras?

引　子

　　走进商场，我卷起折叠伞，却发现束带上那个生了锈的金属扣怎么也合不上，只好任凭雨伞再次散开。手里握着还在滴水的伞，活像是抓着一只刚刚捞上岸的水母。店员显然在怠工，并没有在门口架起供人领取塑料袋的装置，也没有拿着拖把到处奔走。化妆品柜台之间的过道上满是黑色的脚印，而珠宝柜台那边则是字面意义上的人迹罕至。

　　雨水一滴一滴从伞上落到我脚边的地板上，很快就汇成了巴掌大小的一摊。

　　我站在原地，犹豫着，不知该去哪里等她。

　　远江每周六在这附近上补习班，家也只隔了一站地。而我，周六喜欢去市图书馆自习，顺便借几本书回家。市图书馆就建在这片商业区对面。我们一般会约在这家商场的正门外碰头。遇上今天这样的天气，实在没法在外面等她。

　　雨声夹杂着雷声，隔着厚重的玻璃门仍震耳欲聋。

　　昨天放学时，她约我今天在这里见面，说是要把假期里借去的书还给我。当时天色就有些不妙，但我们谁也没有想到今天会迎来入春以来第一场暴雨。若能联系上她我倒是真想取消今天的碰面，毕竟这显然是最不适合还书的天气。挎在我肩上的这个空荡荡的帆布包，究竟能否在飘摇的风雨里保护那几本书，也大可存疑。

然而，发现下起了雨的时候，我已经没法跟远江取得联系了。

她没有手机，也叫我尽量不要往她家里打电话。

我的左边有一间咖啡馆，里面坐满了避雨的人。刚刚有个没带伞的男人比我早一步跑进商场，径直奔向了那边，现在仍站在门口等待空位。在他前面还有一对情侣。他们显然都淋了雨，刚刚跑进来的男人尤其狼狈。我身上的钱怕是连买一杯最便宜的饮料都不够。况且，我总觉得，和空位相比，远江应该会到得更早些，没必要凑这个热闹。

我从外套的口袋里取出手机，确认了时间之后又把它放了回去。三点零九分。补习班那边如果不拖堂，应该是三点钟放学，走过来的话……反正也无事可做，我就在心里计算着她收拾好东西、走下楼梯、穿过马路所需要的时间。

就在这时，我看到玻璃门外不远处有个奔跑着的人影，没有撑伞，穿在她身上的很像是我高中的校服。雨水和雾气让我看不清她的脸。

直到她跑到离门口只有几米远的地方，我才敢肯定是远江。

她跑在雨里，将本应背在身后的双肩包紧紧地抱在了胸前，上身微微前屈，像是在奋不顾身地保护着里面的书。

我连忙替她推开玻璃门，又在她进来之后立刻把门关好，生怕把冷风也放进来。

我是坐公交车过来的，除了下车之后来不及撑起伞的一瞬间之外，没怎么淋到雨，反倒是在过马路的时候一脚踏进了水洼，鞋袜都没能幸免，现在感觉就像是一直把脚泡在泥水里一样。没有带伞的远江显然比我更惨。她身上的校服已经湿透了，整个人正冻得瑟瑟发抖，被雨打湿的头发却像一条热得要死的黑犬，瘫软无力地趴在了头顶和额头上。

见她喘息不已,我又从她手里接过了那个粉红色的双肩包。背包几乎没有被淋湿。

"等了很久吗?"

"我也刚到。"

她放心地点了点头,从我手里接回了自己的背包,拉开拉链,又把包递到我面前,说了一句"书在里面"。

应该是因为手上沾了雨水,所以才让我自己把书取出来吧。我把手在自己的帆布包上蹭了蹭,从她的背包里取出了那三本书。包里还有一个放讲义用的蓝色文件夹,那显然不是要转交给我的东西。

"还有别的书在我那边吗?"

"应该没了吧。"

我自己也并不确定。把什么东西借给了别人,或是从别人那里借了什么,若不提醒我便根本想不起来。过来的一路上我就一直在想,假期里到底借了哪几本书给她,结果只想起来一本是三岛由纪夫的《春雪》,一本是商务印书馆出的哲学书,还有一本是什么却怎么也想不起。我瞥了一眼书脊,是V.S. 奈保尔的一本短篇集。

原来如此,是我买来之后并没有翻开看过的书,难怪一点印象也没有。

那本红色书脊的《尼各马可伦理学》,我也只在从外公的书架上把它取下来之后,随手翻了几页,后来它就一直插在我的书架上,直到寒假的时候被远江抽了出来、借了去。

明明自己只读过其中一本,我还是不知羞耻地问了一句:"你都看完了吗?"

"有一本看不太懂,另外两本倒是挺有趣的。"

"这样啊。"听她这么说,我暗自下定决心,回家之后就立刻开始读那本《米格尔街》,这个厚度应该很快就能看完,这样周一午休时就能跟远江交流一下感想了。

仔细想想,我在学校有一起吃午饭的朋友,也有放学之后一起回家的朋友。我和远江在学校里的交情,也就仅限于午休时从教室一起走到图书室了。一路上,她会跟我聊几句读书的感想。到那边之后,我一般会去杂志阅览区自习,而远江借好书就会回教室。

我还真是个虚荣的人啊,有点讨厌自己了——这样想着,我把三本书装进了挎包。

"我送你回去吧。"我说。

远江看着门外的暴雨,点了点头。

要用一把折叠伞为两个人挡雨,实在有些勉强。结果就是,远江的左肩和我的右肩完全暴露在了雨里。她仍像刚才一样,把背包抱在胸前,而我则把帆布包挎在了左肩膀上。挎包正好被我们两个的侧腹夹住,走起路来也没有前后摆动。

这学期开学以来,我几乎每周六都会陪她走这一段,再从她家附近坐公交车回家。天气好的话也会稍稍绕点路,下一段台阶到河边去。远江不能回去得太晚。只是一刻钟的话,她还能骗家里人说是老师拖了堂或是课后去请教了什么问题。比这更久的话,就不太好跟家里交代了。

我从没见过她父母——甚至没怎么听她谈起过,提到家长的时候她也总会说"家里"而不是爸爸或妈妈——也没有去她家做过客。最奇怪的是,她总是让我把她送到小区门口而不是楼下。我若是男生也就罢了,她家长要是从楼上看到我们走在一起,可能会起什么疑心。两个女生,真不知道为什么要这么小心。

"今天补习了什么呢？"

"还是数学和物理。"

"以后准备选理科吗？"

"家里想让我选理科，我还没想好……顺其自然吧。"她轻描淡写地说着，不知为什么忽然叹了口气。

就算左肩会淋雨，远江也没有把右肩贴到我身上来，我隐隐感到了一种距离感。和以往一样，我没有追问太多。一旦可能越过那条无形的界线，我便会立刻换个话题。不知为什么，我总是把她当成需要轻拿轻放的易碎品一样。尽管她没怎么在我面前表现出敏感脆弱的一面。

究竟是为什么呢？为什么我在她面前总会慎言慎行，不像对待其他朋友那么随便……

这也许是对文学少女的一种偏见吧，总觉得她们会很容易受到伤害。

"高二的时候还能在一个班就好了。"

"你会选理科吧？"

"为什么这么觉得呢？"我试着调侃道，"你看，我的书架上可是有《尼各马可伦理学》这种看起来很厉害的书……"

她笑了一声，虽然不是很轻蔑的笑声，但还是让我有些不愉快。"高中就在看这种书的话，到了大学就不用再看了吧。可以学点别的了。"

"比如说呢？"

"比如说核物理或者基因工程之类的。"

"听起来都是些找不到工作的专业。"

"我如果读了这种专业，家里应该会很高兴吧，"她说，"跟别人说起来的时候肯定很有面子。"

"所以要补习物理和数学？"我说着，往她那边看了一眼，却见她摇了摇头。

"我可是功课跟不上才去上补习班的。"上课时一直在读小说、早上还经常把我的作业借去抄的远江，一本正经地说。

想来她在补习班上也不会认真听讲。

我们已经走到了桥头。远江的家就在河对岸。

用水泥浇筑而成的桥身两侧，立着一排漆黑的铁柱。铁柱之间又架上了三道栏杆。人行道和机动车道之间也用白色的护栏隔开了。此时护栏上满是溅上去的泥点子。每到下雨天，河水都会变得浑浊不堪。湍急的水流像是被煮沸了一般，泥浆在其间翻滚不已。我想，就算是打定主意要在今天投水殉情的恋人，见了这场面只怕也要考虑换个死法了。

我们没走出两步，就听到身后传来了一阵车铃声，回头一看是辆山地车。身穿紫色雨披的车主一点也没有减速的意思，我们只好背靠着栏杆给他让路。

"我记得你一直骑车上下学，遇上下雨天会不会很不方便？"等自行车驶过之后，我问。

"套件雨披就好了，和打伞比起来更不容易被淋到呢。就是总会把鞋子弄湿。一整天都会很难受。"

听她这么一说，我低头看了一眼刚刚不小心蹚了水的左脚，又看了看一路走过来被雨水打湿了的右脚……一整天吗？那还真是够悲惨的。

"穿上鞋套会好一点吗？"

"会好一些。但是袜子还是会被弄湿，然后雨水会从脚脖子那里一点点往下渗。夏天的话索性就穿凉鞋了，就是现在这个季节比较讨厌。"

"确实。"我说,"真是搞不懂,为什么春天就一定要刮风下雨呢。"

"不下雨的话,农民伯伯会很苦恼吧。"

"农民伯伯……哈哈哈哈哈哈……"

被远江戳中了笑点的我,右手扶了一下栏杆。

"怎么了?我这么说很奇怪吗?"

"……像小学生一样。"

结果远江真的模仿起了小学生的口吻:"啊,太阳公公到底躲到哪里去了?"

我又笑了一会儿,不知不觉间走完了那座桥。

"也许我真的跟小学生没什么区别吧。"她忽然有些落寞地低下了头,又补了一句,"在很多方面……"

"读三岛由纪夫和奈保尔的小学生吗?"

"不管读什么,小学生就是小学生啊。"

像往常一样,我们在她家小区门口道了别。

那是一片老楼,听说以前是某个科研单位的家属院。楼房早已经破败不堪了,外立面的墙体有些已经剥落,暗红色的砖块裸露在外,像是一根根被烤焦了的玉米并排摆在一起。这个小区就算某天被拆掉了也并不稀奇。我觉得应该有不少住户已经搬到了别处,留着这套房产只是为了拆迁时能拿到些补偿金。

看着她跑进雨里的背影,我有些后悔没把她送到楼下。

很快我就等到了一辆空荡荡的公交车。

坐好,把伞放在脚边,我随手从挎包里抽出了一本书。拿书的时候心里想的是"若是正巧拿出那本我准备看的《米格尔街》就好了",结果却事与愿违,抽出了那本我几年之内都没打算再碰的《尼各马可伦理学》。

说起来，我之前为什么会把这本书从外公那里拿回家去呢？

这显然不是个很吸引人的标题。一说到"伦理学"，眼前就会出现一个老夫子的形象，蓄着垂到胸前的胡须，戴着厚重的镜片，一手拄着拐杖，一手对你指指点点的，叫你不要做这做那——我这个偏见若是让教政治的汪老师知道了，只怕要被叫到办公室去听他普及哲学知识（听说他是哲学博士），但是我这个年纪的人里面，像我这么想的应该不在少数吧。

亚里士多德这个名字也是，真够拗口的。

所以，当初为什么会对它产生兴趣呢？也许当时正好在别的书里见人提起它——就像见到《春雪》的主角在读《摩奴法典》，自己也忍不住买了一本，结果当然是根本看不明白——也有可能只是随手翻开一页，正好看到了什么吸引我的话……

我想起来了，确实是有这么回事。

外公喜欢用钢笔在书上做些批注，也会把中意的句子或重点画出来。我当时随手翻开这本书，正好看到了一处被画了线的句子，那是个很漂亮的比喻。

"一只燕子或一个好天气造不成春天"——似乎是这样一句话，我看了之后有些触动，就把这本书带回家去了。

我记得外公还在旁边批了一句，"《淮南子》：见一叶落而知岁之将暮——足见东西方思维之差异"。我倒是没觉得这里面有什么文化上的差异，只觉得幸福也好，春天也好，本就是极脆弱的东西，两句话讲的都是同一个悲观的道理。

我翻开书，凭印象寻找着那句话，应该是在很前面的地方……

结果，出乎我意料的是，我翻遍了整本书都没有找到哪怕一处画线或批注。我印象里有些泛黄的书页，也变成了不真实的雪白色。翻页的时候，还能闻到一股刺鼻的油墨味。

我把书翻到版权页，却见是今年才刚刚印刷出来的最新批次。外公在两年前就去世了。

也就是说，借给远江的那本《尼各马可伦理学》，在还回来的时候变成了一本全新的书。倘若那不是外公的遗物，我倒真要感谢她替我以旧换新呢。

可是，见不到外公留下的痕迹，心里还是有些失落。

车到站了，我赶忙把书塞回挎包里，抄起折叠伞，跑下了车。雨势已经小了不少，家也近在眼前了，身上若没有带书，怕是连打伞的必要都没有。

我撑起伞，低头迈过一个个小水坑。

帆布包没有淋到雨，只是从远江身上沾了些水，应该没有渗到里面去。我的鞋袜倒是全都湿透了，外套右胳膊的袖子也浸满了雨水，不停有水珠从上面落下来。

回家之后要先洗个澡。

那本书的事情，等周一再问远江吧。

第一章　为我死之日纯洁美丽而祈祷

1

我应该是班上最后一个得知远江死讯的人。

一不小心睡过头，错过了两班巴士，气喘吁吁地跑进教室时，第一节课已经上了一半。这是我升上高中之后第一次迟到。走进班里，隐隐感到了异样的氛围。照理说，有人推门进来，应该会把全班的视线都吸引过来才对，结果却没有。班上每个人都默默地低着头，很少有人抬起头来看黑板上的板书。

我把书包放在自己的课桌上，正准备坐下，却见坐在我后面的松蕙正在啜泣——直到这时我都没注意到位于教室一角的远江的座位正空着。即便注意到了，也只会觉得是她迟到了吧。

雨在昨天傍晚就停了。为了不让阳光晒到靠窗的两排座位，教室拉上了窗帘。

坐好之后，我随手抽出一册课本摆在桌上，又趁着教英语的付老师转过身去写板书的时候，回过头准备关心一下松蕙。

她稍稍抬起头，用噙满泪水的眼睛和我对视了几秒之后，抄起笔，在摊开却未写下一个字的笔记本上写起了什么。

我努力读着那行潦草且上下颠倒的字——林远江自杀了。

"叶荻！"

就在这时，付老师点了我的名字，被叫到之后我赶忙扭过头去，却没法把那行字也甩在脑后。前天还和我一起淋过雨、模仿小学生的语调逗我开心的远江，怎么可能忽然想不开，做出这种无法挽回的事情呢？

如果这只是个玩笑，我怕是没法继续和松蓂做朋友了。然而今天并不是四月一日，班上正啜泣着的人也不止她一个……

"站起来！"

不知是不是为了打破凝重的氛围，付老师没打算就此放过我。他走到我的课桌前，一把抄起我放在桌上的课本，又将它重重地摔在桌上。

"现在在上什么课？"

"英……语。"

我低下头，小声回答道。然后才注意到自己在桌上放了一本化学教材。

他环顾四周。"同学出了意外，你们情绪有波动，这我能理解。听到这个消息，我也觉得很遗憾。但课还是要上的。你们来学校是为了学习。"

不知为什么，松蓂笔下的"自杀"到了付老师这里就成了"意外"。说到这里，他转过头来瞪了我一眼。

"同学都在忍着悲痛听讲，你迟到了，什么都不知道，还要打扰大家……"

我无心听他的说教，只是机械性地不住点头。那两个既像反义词又像近义词的词语正在撕扯着我。

就在这时，松蓂开口替我解围了。

"老师，她跟远江是好朋友。"

说完这句，松蘡哭了起来。

付老师见状，也只好露出一副恍然大悟的表情——恐怕也没有明白什么——就示意我坐下了。他转身回到讲台上，忽然又改变了主意，再次点了我的名字。

"你跟林远江关系不错的话，就去把你知道的事情都告诉你们班主任吧。"他的语调很平和，从中已经听不出怒气了。"她就在办公室。"

事到如今我总不能再反驳说自己其实什么都不知道。

就这样，我被赶出了教室。

回过神来，自己正站在学校图书室门口。本以为放空心思之后身体会替我走到物理教研室，结果却没有。

正当我准备转身回去的时候，忽然有人拍了一下我的肩膀。我回过头，见是管图书室的姚老师。她手里提着一个纸袋子，里面装着几册大开本的精装书，看样子是刚从家里过来。

穿在她身上的风衣显然不是为她量身裁制的，下摆几乎要垂到地上了。

尽管看起来只有二十岁出头，但听我表姐说，她在这里上学的时候管图书室的就是姚老师。这样推算一下，姚老师至少已经在这里工作了五六年。

关于远江的死，她应该还不知情……可是对于这件事，我也并无实感，毕竟只是读了松蘡写的一行字，又听付老师提了一句，与这些灰暗的传闻相比，前天下午和她撑伞走在雨里的记忆要更鲜活些。

也许只是为了让悲伤来得更晚一点，我在心里抵触着远江已经去世了的事实，不愿承认——不管那是自杀还是意外。

"现在不是上课时间吗？"姚老师把纸袋放在地上，从外套里取出一串钥匙。"这里中午才开门。"

我先向她问了声好，试图解释说，"我要去办公室一趟，碰巧路过……"

"我没记错的话，你是高一三班的学生吧？有个女生每天都来借书，你总是跟她一起过来，所以我有点印象。"说着，她向那扇对开的门走去。"从你们班的教室去办公楼那边，应该不会经过这里才对。"

她说得对。高一的教室都在一层，不管是走正门还是后门，去办公楼都不用特地跑到二楼来。

"找我有什么事吗？"她一边打开门锁，一边扭过头来问我。

我摇了摇头。"不知不觉就走到这里来了。"

"你没事吧？要不要进来坐坐？"

"老师，"我说，一瞬间泪水涌了出来，眼前一时模糊了，"那个经常来借书的女生……我同学她……"

见我哭了，姚老师连忙凑了过来，任凭钥匙还插在锁孔里。

"她怎么了？"

"他们都说她去世了。"

"他们都说？"

"我什么都不知道，只是听说……"

"老师也这么说？"

我点了点头。她没有再追问下去，只是抬起头深吸了一口气。

"你要去办公楼那边？"

"嗯……"

"稍等我一下，我陪你过去。"

说着，她拎起放在地上的纸袋，推开门，把它放到了一进门处，又迅速地把门锁好。然后就回到我身边，又一次拍了拍我的肩膀。

"我们走吧。"

我默默地跟她一起迈开步子，并排朝办公楼走去。

一路上我们一句话也没有说。穿过走廊，下楼梯，出正门经过连廊前往办公楼——这是最近的一条路。学校似乎没有给哪个班级在第一节安排体育课，操场空荡荡的。灰色的积水像一块块疮瘢一样，装饰着深红与墨绿色的地面。不知为什么，忽然想起去年九月底运动会的时候，被班委指派了跑八百米的任务。当时真是跑得快要断气了。姿势也好，表情也好，肯定也不怎么雅观，还出了一身汗，后来不得不换了套衣服。另一个被派去跑八百米的女生就没有跑，轮到她出场的时候还一直坐在观众席里。也许自己当时也应该那么做。反正谁也没有期待我跑出什么成绩来，为什么还要费这个功夫呢……

我就这样胡思乱想着，来到了物理办公室门口。

走进办公室，班主任朱老师刚刚挂断电话，整个人都瘫坐在椅背上。她已经在学校干了五年，做班主任却是头一遭。我不认为她适合这份工作，总感觉她远比学生们更单纯。她在任何方面都和学生毫无共同语言，穿着打扮上也总是被班上的女生在背地里嘲笑。我能想象，朱老师在学生时代一定是那种两耳不闻窗外事的优等生吧。

和很多不称职的班主任一样，她很看重其他任课老师的意见。若有哪位老师向她告状，放学后我们就很可能会被留下来挨训。如果有老师反映哪个学生退步很大或是上课捣乱，也会被她叫去谈话。然而，对于课下的事情，朱老师几乎一无所知——谁与谁是朋友，谁与谁在谈恋爱，谁又与谁交恶了，她都全然不知，也不感兴趣，所以会做出许多不讨喜的决定。例如在分组讨论时把两个水火不容的小团体拆散了重组，让她们由水火不容发展为不共戴天；又比如说让有女朋友的男生和班上最漂亮的女生搭伴，结果引得她女友醋意大发。

我很怀疑朱老师对毫不起眼的远江能有多少可靠而鲜活的印象，恐怕得知她的死讯时，也只能想到远江的物理成绩不佳这一点吧。

不过即便是这样，也比班上绝大多数同学对远江的印象要深了。

见我和姚老师敲门进来，她用无神的双目瞥了我一眼，问了一句：

"叶荻，你不用上课了吗？"

"付老师听说我和远江关系很好，让我过来找您。"

"这样啊。原来你们是朋友……"她这话仿佛是在惊诧于远江居然有朋友。"你今天是不是迟到了？已经听说了吗？"

我点了点头。

朱老师又把目光投向站在我身后的姚老师。她挺起腰，问了一句"请问您是哪位"。看来朱老师一次也没去过图书室。姚老师简单介绍一下自己，又说只是在走廊碰巧遇上我、送我过来而已，然后就准备离开了。

"稍等一下，姚老师，"朱老师叫住了她，"我班上的林远江有没有借过什么会让人胡思乱想的书……能不能帮我查查她的借阅记录？"

"会让人胡思乱想的书……比如说呢？"见对方不作答，姚老师又补了一句，"林远江这个学生我有印象，她经常到我这边借书。几乎每天都来。"

听到这里，朱老师示意姚老师在她旁边空着的椅子上坐下。姚老师却摆了摆手，拒绝了。

"借的都是哪方面的书呢？"

"以外国小说为主吧。'网格本'那套差不多借了个遍。"说到这里，姚老师明知故问道，"她出了什么事吗？"

"前天晚上出了意外。"

前天晚上？也就是我送她回家的几小时之后，究竟为什么会……

"是那种看了让人胡思乱想的书之后会出的意外吗？"

"姚老师，"朱老师显然被激怒了，不仅瞪圆了眼睛，呼吸声也变得浑浊了起来，"林远江成绩不好，也有老师抓到过她在课上看闲书。她每天都去你那边借书，你应该跟我反映一下。"

面无表情地听完了她的指责之后，姚老师只说了一句"你也没来问过我啊"。

朱老师沉默了一会儿，把视线从她身上移开，看着贴有排课表的墙壁说道，"麻烦您帮我查一下林远江的借阅记录，最好能从她入学开始都查出来，我过一会儿去图书室找您。"

"嗯，我把记录打印好等你过来。可能会有点厚。"说着，她退了几步，一手握住了门把手。"我先告辞了。"

姚老师离开之后，朱老师让我坐在了那把姚老师不愿坐的椅子上。

"最近林远江跟以前有什么变化吗？"

这显然不是回答说"变开朗了"或"变得健谈了"的场合，尽管事实是那样，我却只好摇摇头、佯装什么也没察觉。

"她有没有遇到什么烦心事？"

"没听她提起过。"

"你们平时都聊些什么？"

"每天也聊不了几句……基本都是和书有关的话题。"

结果，连夜读完那本《米格尔街》也成了徒劳之举，至于《尼各马可伦理学》为什么会变成新的，事到如今也无从问起了。想到这些，我终于对林远江的死有了些切实的感受。

原来，已经再没有机会和她闲聊了……

"你还好吧？"

从朱老师手里接过一张纸巾之后，我才意识到自己又开始哭了。

"老师，远江是不是自杀的？"

"你为什么这么觉得呢？她有什么想不开的理由吗？"

"我不知道。但是您一直在问我这些，就好像是在调查她为什么会自杀一样。"

"并不是这么回事。现在警方还在调查，没给出什么结论。如果她没有什么想不开的原因，那这应该就是场意外。"

可是，就算远江真的有什么自杀的理由，只要她不说，我们也就无从知道——这道理大人们为什么就不明白呢？

"现在警方没发现遗书。她很可能只是一不小心从窗户摔了下去。"朱老师说，"当时在下雨……"

"远江出事是在前天晚上？"

"周六晚上十一点左右。"

"周六下午，我和她见过面。"

听到我的话，朱老师先是迟疑了一下，皱了皱眉，然后才恍然大悟一般惊呼了一声"真的吗"，上身也朝我这边凑了过来。

"刚放寒假的时候，她从我家里借了几本书，非要周六还给我，就跟我约在她上补习班的地方附近。我们碰了个面。"

"她当时情绪怎么样？"

"跟平时没什么两样……"

"你们都聊了些什么呢？"

"也没聊几句话。她家就在附近，我送她回去，就在路上随便聊了几句，具体聊了什么已经不记得了……"

"她没有说什么奇怪的话吧？"

"应该没有……说了的话我肯定会记得的。"

朱老师像是松了一口气，努着嘴点了点头。

"我现在倒是能想起一句话。"不知为什么，那句话忽然回荡在我耳边。"她说她觉得自己像个小学生。"

"什么意思？"

"我也不明白，她就是这么讲了。"我用一直攥在手里的纸巾擦去了快要滴下来的鼻水。"如果能弄明白，也就不会记住了吧。"

2

午休时，我一如既往地把椅子转了过去，把装着营养配餐的饭盒放在松葜的课桌上，和她一起吃着午餐。我也曾邀请远江过来一起吃饭，却被她以"座位离得太远"为由拒绝了。的确，班上的同学若要一起吃饭，大多是就近原则。也有些不管离得多远都一定要凑在一起吃饭的人，要么是兴趣相投，要么是恋爱关系。

入学后没多久，就有好事者在大家吃饭的时候用学校的电教设备播放音乐。那个时候大家都很拘谨，不敢把投影用的幕布放下来，只好放音乐，大多是欧美或港台的。后来以我的朋友方荐瑶为首的一群动漫迷，见朱老师从不在这个时间到班里来，就用投影仪放起了动画。每次只放一集，差不多大家都吃完饭了就关掉。有段时间喜欢流行乐的一群人和"动漫派"争执不下，两伙人每天都在争抢电教设备。最终还是荐瑶她们占了上风。这也难怪，毕竟对于大多数人来说，有画面的总归比纯音乐要更吸引人一些。

最近放的片子讲的是一群女生在咖啡馆里养兔子的故事。班上的女生大多很喜欢，也有的男生装出一副漠不关心的样子，其实一直在偷瞄。

荐瑶的圈子里不缺男生，她也有个正在交往的男友，两个人凑在一起整天只说些动漫的话题。平时吃午饭时，对这方面感兴趣的同学也都会凑到她们旁边，一边吃饭一边品评投映在幕布上的片子，不仅声音很大，还用了不少我们这些圈外人听不懂的"黑话"，因此也招了一些人的反感。喜欢流行歌曲的那群人往往会戴上耳机，坐在自己的座位上把饭吃完。也有那么五六个女生会凑到生活委员秦虹的座位边，像是要和荐瑶她们叫板一样，高声谈论着明星们的八卦。

远江在这个时候总是捧着一本书，看几行书，扒一口饭。吃过饭，收拾好，就坐在原位等我过去找她。我和松冀吃饭时话很多，所以吃得很慢，总要让远江等上很久。

这些习以为常的风景，今天一概见不到了。没有人打开电教设备，闲聊的人也把声音压到了最低。或许过几天就会恢复原状了。只是远江坐过的位子，怕是要一直空下去了。

隐隐约约能听到一阵高亢的弦乐声从隔壁班的方向传来，仔细听的话还能发现有钢琴的伴奏。整个年级的艺术特长生几乎都聚在四班，他们会放着高雅的小提琴曲作为用餐时的背景音乐倒也不足为奇。

真是首欢快的曲子啊。

尽管离得有些远，传到我耳边就只剩下了游丝一般若有若无的音量，我还是能感到每个音符都在愉快地跃动着，像一道道喷涌而出的泉水，又像是扑扇着翅膀飞向天际的云雀。如果在今天之外的日子听到，我也许会爱上这首曲子吧。

……但不是今天。

今天是个不宜有音乐的日子，不管那音乐是用来掩饰悲伤的，还是用来宣泄悲伤的。

"这是什么曲子？"我问松冀。也并不是那么想知道，说不定过一会儿就把答案忘得一干二净了，但我还是问了一句，权当是为了打破沉默。

"贝多芬的小提琴奏鸣曲……"

"克鲁采？"我想起远江前不久借过一本俄国小说就叫这个《克鲁采奏鸣曲》，她说标题是首贝多芬的小提琴曲。

"不是克鲁采。"学过十年小提琴的松蕼自然知道答案。"是《春天》。"

一听到"春天"这个词，就像吸进了一阵花粉一样，鼻子忽然开始泛酸，眼泪也涌了上来。原来悲伤竟然是和花粉差不多的东西。但我只能忍住，生怕这突如其来的悲伤会传染给松蕼。

松蕼和远江并没有那么要好。早上那些为她的死而啜泣的女生，怕是也没跟远江说过几句话。班上和远江接触比较多的，应该就只有我和荐瑶了。

我往荐瑶的座位那边看了一眼，只见她和男友并排坐在一起吃着饭，两人正一言不发地共用着一副耳机。平日聚在他们身边的那群人，此时都乖乖地留在自己的座位上。

"我不太喜欢这首曲子。旋律是很好，但是有点华而不实了。"松蕼说，"春天真的是这样的吗？"

听她这么一说，我下意识地往窗户那边看了一眼，却因为拉着窗帘的缘故，什么也看不到。

"不是这种感觉吗？"

"至少不全是这样的。"说到这里，她放下筷子，抬起头，做了一次深呼吸，两眼直勾勾地看着我，像是终于鼓起了巨大的勇气，问了一句，"远江她，为什么会自杀呢？"

"真的是自杀吗？"

"真的是自杀吧。"她又把头垂了下去,"一个高中生从自家窗户摔了下去,难道还会是意外吗?"

"但是老师们都说……"

"学校怕承担责任,当然会这么说。"

松蓂的话也不是没有道理,但我还是无法接受。毕竟远江出事的几小时之前才刚刚和我见过面,当时还看不出她有任何负面情绪。她在学校里,虽然没有几个朋友,至少也并未受过什么排挤。远江真的有什么忽然想不开的理由吗?

总不会是因为征文的事情吧?应该不会。刚开学就出了结果,都过了那么久,不可能事到如今才有反应……

就在这个时候,本来就已经很安静的教室里一瞬间陷入了死寂——班主任朱老师从前门走了进来。

她径直走向了位于第一列最后的远江的座位,弯下腰查看着桌斗,从里面取出了三本书,拿着书从教室的后门离开了。

那应该是远江从图书室借来的书。她在去世的几小时前把我的书还给了我,却没有把从学校图书室借来的书还回去……

我放下筷子,起身追了出去。我也不知道自己为什么要这么做。如果这个时候松蓂喊一声我的名字,或是伸手拽住我的衣角,我一定会停下脚步。但她没有。或许她反倒明白我必须追出去的理由。

"朱老师……"

我在走廊里叫住了她。她回过头来,一脸不解地看着我。

"我刚去找过图书室的姚老师,她说林远江还有三本书没还。我觉得可能在课桌里。还真让我找到了。正准备给姚老师送过去。"她说着,惊讶的表情从她的脸上慢慢消失了,剩下的只有疲倦。"你还有什么事吗?是不是又想起了什么?"

见我摇了摇头,她失望地叹了口气。

"都是些闲书。外国人写的。"

从朱老师手里接过那三本书之后,我看了一眼书脊——一本太宰治的《阴火》、一本克莱斯特的《O侯爵夫人》,还有一本海明威的《伊甸园》。我又见《阴火》里夹着一张票据,抽出来一看是打印的借阅记录。

这三本书是她上上周五中午借的,不知道有没有读完。

"这些书你看过吗?都写了些什么?"

"没有。"很遗憾,我一本也没看过,克莱斯特这个作家还是第一次听说。"远江应该也还没来得及看吧。"

朱老师伸出手,示意我把书还给她。

"我跟您一起过去一趟吧。"我说。

"那这样好了,你帮我拿过去吧。我还有点别的事情。"说到这里,她的眉头蹙在了一起。"林远江的家长快要来了。"

我不知道该用什么话鼓励她,相信也没有哪个班主任想被自己的学生鼓励,只好点了点头。

看着朱老师枯瘦的背影,又掂量了一下手里的书,我明白了一件事。假如远江真的是自杀的,把这些书不问内容、一并称为"闲书"的朱老师,肯定无法理解她寻死的理由。

老实说,我也没有自信能弄明白。

或许正因为是这样,大家才更愿意相信那是一场意外。

我来得太早了,其他学生应该还没吃完饭,图书室里空无一人。

姚老师从我手里接过那三本书之后,隔着柜台问了一句"朱老师有没有问起这三本书都写了什么"。

"问了。可惜我都没看过。"

"你能替她过来还书真是帮了我一个大忙。如果她来问我,我还真不知道该怎么回答她。"

"这几本书有什么问题吗?"

"跟内容没关系,就是,"她向我凑过身来,在我耳边低声说道,"这三个作者都死于自杀。"

说完,她就转身把那三本书放到了小推车上。

"老师觉得这能暗示什么吗?"

"那倒没有。我只是担心,有人会把所有责任都推给这些书,说林远江是看了这些东西之后才想不开的……"

朱老师若是知道了或许真的会这么想吧,这消息若传了出去,社会上总也少不了这样的舆论。也许学校的图书室也会受到冲击,被认定有荼毒青少年之嫌的书会被清理出去,最坏的结果莫过于被彻底关闭——这应该是姚老师最担心的。但我转念又感到了些许愤怒:远江死了,姚老师最关心的却只是自己的工作不要受到影响,这又与朱老师她们有什么区别呢?

"对于每个人来说,无非只有四种可能性。或是为自己而活着,或是为别人而活着,或是为自己而死,或是为别人而死,这是所有人都必须面对的选择。这些书,只是把所有选项都揭示出来而已,真正的选择权还是在每个人自己手里。"

"老师为什么要说这些话给我听呢?"

"我怕因为这件事,你也会变成讨厌'闲书'的那种人。"

"我不会那么想的。对于远江来说,读书是她生活里唯一的乐趣了。"

"这样啊。"姚老师若有所思地点了点头,"她几乎每天都来,我也早就注意到她了。每次把书递给她的时候，并没有觉得她很开心。借到自己想读的东西，总该有那么一点兴奋的感觉吧。就算不写在脸上，眼睛里也会流露出一些……但我在她身上看不到这种感觉。也许是来得太频繁已经麻木了。她来我这里借书，更像是一种习惯。她会跟你说读书的感想吗？"

"会说一些。比如说对主角的看法之类的。"

"她有没有说过喜欢哪位作家？"

这倒真是把我问住了。远江涉猎很广，稍稍有点名的外国作家的书都会借来看看，并没有表现出什么偏好。

"为什么要问这个呢？"

"没什么，我只是随便问问。"她停顿了一下，"我以为你们会更要好一些。"

我和她只是一天说不上几句话的朋友——我本应该这么回答她，却只是说了一句"我回去了"，就转身朝门外走去了。

姚老师的话让我感到不快。

或许我最害怕被人戳穿的就是这一点：其实我一点也不了解远江。而我已经是班上和她走得最近的人了。得知她的死讯时，恐怕也正是这一点给了我最沉重的一击——是啊，我真的一点也不了解她，浑然不知她在我看不到的地方过着什么样的生活——或许我已经隐隐感到了什么，只是不敢面对。没有自己的手机，又一直拜托我和荐瑶替她把写好的文章敲到电脑里，恐怕在家里也不能使用电脑。周末从补习班回家，也不能在外面闲逛超过十五分钟的时间。她也从不把在学校图书室借的书带回家，恐怕是因为她父母不赞成她看这些东西。

因为她的死，我才不得不去想象她的生活。之前和她在一起的时候，总在逃避，一心以为不该去触碰她的隐私，因为那可能是一碰就疼的伤口。

原来如此，所以她才会说自己像个小学生——我终于明白了那句话背后的意思。为什么没有早点注意到呢？

她或许只是厌倦了这样的生活才……

不知不觉，我已经回到了教室。我只吃了几口的那盒饭还摆在松荑的桌上。松荑却不知去了哪里。我赶忙把饭盒盖上，拿到了教室门外的塑料箱里，又用纸巾擦了一遍她的课桌。

就在我把椅子转回原位的时候，有人把手放在了我的课桌上。

我抬起头，见是荐瑶。

荐瑶是和我一起放学回家的朋友。入学之后不久，我就发现她跟我乘同一班巴士上下学，她家比我家离学校近一站。早上有时也能遇到，不过就算上了同一辆车，也很可能被人群阻隔，说不上话。放学时还没到晚高峰，一起回去时还总能碰到并排的座位。

她往往会把午休时间都献给动画和男友，绝少在这个时间来找我搭话。我朝她男友那边瞥了一眼，只见他正戴着耳机翻看一本杂志。荐瑶的男友是个住宿生，所以我才能跟她一起回家。

"有点事情想问你。"荐瑶说。

坐在我前面的男生是秦虹那一派的，似乎很反感日本动画，荐瑶她们放动画的时候他总是很自觉地戴上耳机。今天他没在听歌，默默地写着作业。听到荐瑶开口，他回过头来瞪了她一眼，目光很不友善。

荐瑶也毫不示弱地瞪了回去，又抓起我的手腕，往门外走去，直到把我领到走廊过道正中央才松开手。

"去天台吧。"她提议说。

我点了点头。

3

虽说是天台,却并不在屋顶上,实际上只是二层最南边的一片平台而已。但大家都这么称呼它。三层也有个类似的平台,却因为在背阴处而很少有人去。教学楼屋顶上那个字面意义的天台,学生是不能上去的。听说是安放某些设备的地方。

荐瑶把我领到的这片平台上,摆了几张圆桌,又各配了四把椅子,午休时这里总被离这里最近的班级的人霸占着。我和荐瑶对于抢到座位这件事本就没抱什么希望,很自觉地坐在了靠栏杆的水泥台子上,背对着温室和操场。

操场上可能正进行着什么比赛,欢呼声不绝于耳。

"今天不能跟你一起回家了。"荐瑶说,"放学之后要先去一趟医院。"

"哪里不舒服吗?"

她摇了摇头。"外婆住院了。"

"严重吗?"

"老毛病了。每年都要住进去几次。大家早就习惯了。"

"这样啊。"我说,"希望你外婆能早日康复。"

荐瑶沉默了一会儿,终于说起了正题,"远江她……为什么会死呢?"

连她的死是自杀还是意外都还下不了结论的我——或许根本就是不敢下这个结论——没法回答这个问题。

见我不开口,荐瑶又说了下去。

"会不会是我们的错呢?"

"我们?"

"嗯，我们。"荐瑶转过头来，看着我的眼睛说道，"是不是因为我们硬要她去参加那个征文，她才会……"

"也不至于吧，都过去一个多月了，怎么可能事到如今才……"

这一次，总算没有泪水涌出来，取而代之的是回忆。

我会和远江成为朋友，最初只是因为要帮荐瑶一个忙。当时校刊向高一新生征稿，却没有收到什么稿件，就把每个班的语文科代表都叫去开了个会，要求每个班至少征到三篇文章，限期两周。这件事班主任也知道了。虽说是与成绩无关的事情，却也关乎班级的荣誉（印出来的时候要是唯独少了哪个班的文章，不免难堪）。这个时候荐瑶已经写了一篇介绍动漫歌曲的短文，又问我要了一篇读书笔记，最后一篇却怎么也凑不出。荐瑶倒是很聪明，在周一收了同学们交的周记之后，没有立刻交到语文老师那里去，而是利用一节数学课、一节地理课，把三十几本周记简单翻了一遍，结果就很自然地注意到了远江。

其他人的周记写的大多是身边的琐事，或是记了些无关紧要的感想，唯独远江写的东西，有些不知所云，时而是世界名著片段一样的场景描写，或是几段海明威式的没头没尾的对话，再就是些短小的格言——在只会写应试作文和流水账的我辈看来，这大概就是所谓的"文学"吧。

去和远江搭话的时候，荐瑶拽上了我，当然只是为了壮胆。毕竟，我们都没有和她说过话，甚至也很少有她和别人聊天的印象。荐瑶最开始跟我提起这个名字的时候，我甚至没想起她的长相，也不清楚她坐在哪里。

那天午休时，我跟着荐瑶一起去求远江写篇稿子。当时她正读着一本很厚的书。我们和她搭话后，她合上了书，却没有抬起头来看着我们。

——要交电子稿吗？

她只问了这么一句。荐瑶则回答说交纸稿也没关系，自己会帮她敲到电脑里。

——我可以写。周五之前交给你们，可以吗？

——也不用那么急。下周一交给我就好了。

结果远江还是周五就交了稿。她把文章写在了从横格本上撕下来的纸上，正反两面，足足有五张。

周五放学之后，我去了荐瑶家，和她一起把远江的稿子敲到了电脑里（具体的做法是我拿着稿子念，她飞速打字），确定没有错字之后，就把它和我们的两篇一起发到了校刊编辑部的邮箱。后来我捧着稿子，荐瑶对着电脑，又把她的文章反复读了好几遍，才隐隐约约明白了她写了些什么。

那大概是篇实验小说吧。

全文没有出现一个人物，只是客观地描写了房间里每样物品位置的变化，根据这些变化，读者能大致想象出到底发生了什么。然而，我和荐瑶的意见并没有达成一致。她觉得写的是一起杀人事件，我却觉得更像是一对情侣在殉情。周一去问远江，她说我的猜测是对的。

后来我们三个的文章都登在了校刊上，也有三篇稿件都未被采用的班级。三篇都过稿的就只有我们班。不过，读校刊的人本就寥寥无几，除了荐瑶那个小圈子的人之外，绝少有人注意到了我们的壮举。更何况我们还都用了笔名。

在那以后，远江继续过着她那毫不起眼的生活。

也正是从那个时候开始，我发现了她每天午休时去图书室的习惯，就连着几天向她搭话，和她一起过去。后来就成了惯例。我也不知道自己为什么要这么做，也许只是想在班里找个能和自己聊聊读书的话题的人。

起初总是我在说，几周下来，远江的话也渐渐多了起来。

至于荐瑶所说的征文比赛，则是再之后的事情了。

深秋的某天早上，上第一节课之前，荐瑶拿着一本青春文学刊物跑过来找我。她把那本杂志在我桌上摊开，指着一页征文启事给我看，问我要不要参加。我只是喜欢读书，杂志却没怎么买过，不过对这个征文比赛倒是早有耳闻。它好像在我出生之前就存在了。

我还没回答她，朱老师就走了进来，让大家回座位，像是有什么事情要宣布。荐瑶赶忙跑回了自己的座位，把那本杂志留在了我的课桌上。

于是，早上第一节课就被我用来了解中国青春文学的现状了。如我所料，有不少我从未见识过的写法。具体内容已经记不清了，只记得有篇写的是两个男生为了一个女生械斗，一死一伤；另一篇写的是小时候在麦子地里玩火，最后把自己烧死了的故事（不知为什么作者在被烧死的几年之后还能写这篇文章）。这就是所谓的青春文学吗——正当我这么想着的时候，忽然翻到一篇外国背景的小说，虽然故事很老套，行文风格倒是很像我喜欢看的那些书。

我立刻想到了远江，毕竟她比我更爱读外国小说。

翻完一整本杂志，我明白了一件事。我不过是个循规蹈矩的优等生，只会写些规规矩矩的议论文。所谓的青春文学也好，青春文学所描述的生活也好，都与我无缘。

在当时的我看来，反倒是上课时一直在读小说的远江，活得比我更叛逆些，因而更接近这本杂志的旨趣。

——不如劝远江参加吧。

课间，把杂志还给荐瑶的时候，我顺便提议道。

"你怎么了？"回过神来，发现荐瑶正盯着我看。"怎么话说到一半就停下来了？"

我站了起来，向前走了两步，转向她。能看到她背后的操场上那些做着规则运动或无规则运动的绿色的小斑点。那是学校统一的运动服的颜色。

"荐瑶，你和我说实话，"我说，"当时你拿杂志过来找我的时候，是不是想劝我跟你一起参赛？"

她没有回答我，把头深深地垂了下去，两只手紧紧攥住了衣角。

果然是这样。这几个月来，我都一直想向她道歉。"对不起，我当时应该答应你。你跟远江不怎么熟，我们劝她参赛之后，你没法对她提议说一起参加……对不起，我早该注意到这些……"

"不是这么回事。"她稍稍抬起头，但也没有抬到能与我四目相接的程度。"我确实想过和你一起参加，也确实跟她没有熟到那个程度。但是，小荻……你是不是以为自己耽误了我，害我没能参赛？不是这样的。其实我背着你们投了一篇自己还挺满意的小说。你还记不记得有个片子，讲几个女孩在火星上划船的故事，我在班里放过几集，大家都觉得无聊就没放下去……那是我最喜欢的动画。我用里面的角色写了篇小说，投了过去，结果也没能入围。反正落选了，就没跟你们讲。"

原来是这样。

的确，两个人一起参赛，若是都获了奖，那便是童话故事；一个人落选另一个入围，只能算是狗血桥段，两个人全都落选才是现实。

"这倒是挺像你的风格的。"我苦笑着说。

"还好我也落选了,否则真不知道该怎么和远江交代。那段时间每天都在担惊受怕。明知道一点胜算都没有,却总有那么一点侥幸心理……"

事到如今再说这些也没用了——这话我没法讲出口,也不必讲。我想她一定也明白。

"我觉得远江……"我不愿讲出那个字眼,"和征文的事没有关系。肯定还有什么别的原因。还是等警方的调查结果吧。说不定真是场意外。"

"我是不是很卑劣呢?同学去世了,却只是想着不要有自己的半点责任在里面。"说到这里,荐瑶开始啜泣,"我现在肯定也不是为了她才哭的。只是因为发现自己这么面目可憎……"

"没这回事。"我把手放在荐瑶的头顶上,顺着她头发的纹路轻轻抚摸着,一面说着违心的话,"没什么好自责的,你就是因为同学去世才哭的。"

听我这么说,荐瑶失声痛哭了起来,引得坐在不远处圆桌边的几个女生都往这边看。等她平静下来,我又陪她坐了一会儿,后来校园广播响起,我们就一言不发地听着广播。

广播没有播报远江的死讯,只是在解答着来信里的种种无关痛痒的烦恼,半数以上都是跟朋友吵了架、不知该怎么和好的话题。回想起来,我和远江一次架都没吵过,真能称得上是朋友吗?广播快结束时,放了一首很悲伤的法语歌。平时主持人总会交代结尾的歌是谁为谁点播的什么曲子,今天却没有。

这也许是他为远江选的一首挽歌。

歌放到一半时,我和荐瑶开始往回走,在走廊里险些被一个戴着袖标的值周生撞到。她似乎刚检查完一个班的卫生,正奔向另一个教室。

荐瑶说那首歌是一个动画的片尾曲。回到教室之后，松薨却说是法国作曲家弗雷的《梦醒之后》（*Après un rêve*）。

我不知道到底该相信谁。

4

放学之后我又去了一趟图书室，却见借书的地方挤满了人，就没凑过去跟姚老师搭话，一个人回家去了。

老实说，我也根本没想好要跟姚老师聊什么，只是单纯地觉得她可能是这所学校里和远江接触得最多的人，说不定知道些我不知道的事情。

还是算了吧。真正烦恼的事情，烦恼到足以把人逼死的事情，恐怕是对谁都讲不出口的。那些能堂而皇之地写下来、投到广播台寻找帮助的烦恼，就算放着不管也无所谓。去年年底，学校还设了个心理咨询室，周围也有同学去诉过苦。恐怕谈论的也都是些似有若无的小心思……

我想，远江应该什么都没跟姚老师谈起过，一如什么都没告诉我。

说到底，我对荐瑶她们又有多少了解呢？她喜欢看动画，有个兴趣相投的男友，文科成绩很好，自学过一点日语，性格还算爽朗，有点易冲动……我对她的了解也不过就是这些了。至于她在我看不到的地方所做的事情、所过的生活，我究竟要从何知道呢？

忽然觉得每个人都离自己很远。像是那颗太阳落下后还执拗地挂在西方天空上的金星一样，永远也无法触及。

一路上胡思乱想着，大脑快要短路了，一到家便一头倒在了床上，根本不想动弹。不知过了多久，天色已经完全暗了下来。被没有结果的思考麻痹了的感情，又一股脑地复活了。我感到一阵恶寒，全身像在痉挛一般颤抖不已。在这九个小时里，悲伤已经体会过了太多次，但唯独这一次是夹杂着愤怒的。

总在书里读到"难以名状的愤怒"之类的表述，实际上愤怒的理由是不难弄明白的。只是很多时候理由都太偏执，也太琐碎，谁都不好意思讲出来，才会用"难以名状"敷衍过去。

我也不愿拆穿自己感到愤怒的缘由。我已经够丑陋的了，不想变得更讨厌自己……

就在我的眼泪停不下来、一颗颗落在枕巾上的时候，妈妈回来了。我没有开灯，她应该不知道我已经到家了。

我还在犹豫着要不要起来，妈妈已经走进了我的房间，替我打开了灯，又往敞开着窗帘的窗边走去。

"我听说了，你们班有同学去世了。"一边拉上窗帘，妈妈说。

她在报社工作，这类消息总能在第一时间知道。

我坐了起来，妈妈也坐到了我旁边，一手抚摩着我的后背。

"那个女生跟你关系很好吗？"

我点了点头。

"应该是场意外，你也不要胡思乱想。"

"已经确定是意外了吗？"

"还没有，只听说没发现遗书。"她说，"她是个怎么样的孩子呢？"

"她很喜欢读书……"

听我这么说，妈妈只是敷衍地"嗯"了一声，像是有些动摇。或许（诚如姚老师所说，）在大人们看来，喜欢读书的人更容易想不开。我抬起头，看了一眼插在书架上的各色书脊，忽然发现妈妈也在往那个方向看。见我注意到了,她赶忙移开了视线。

"她家里管她管得很严。"我又补了一句,仿佛是急着为远江的死找个"读书"之外的理由。

"我今天见到她母亲了。"

"您来学校了?"

"下午过去了一趟,还去教室那边偷偷看了你一眼。"希望我那个时候在认真听讲——回想起来,我这一整天都不曾认真听过课,但也无心在课上做什么别的事情。"我可听说了,你今天早上迟到了。"

妈妈每天都比我走得更早,爸爸总在我去上学之后才起床,本以为睡过头迟到这件事能瞒过他们……

"对不起,昨天把手机音量调小之后忘记调回来了,没听到闹铃。"我赶忙岔开话题,"她母亲是个什么样的人呢?"

"看起来挺稳重的,虽然很悲伤,还一直在克制。"说到这里,妈妈叹了口气,"一个人把孩子拉扯大不容易啊。结果出了这种事……"

原来远江是在单亲家庭长大的,难怪每次提到家长都不说父母而要说"家里"。她居然一次也没跟我提起过。但反过来设想一下,如果我生长在单亲家庭里,会把这件事告诉身边的朋友吗?如果有境况类似的朋友或许会讲吧。我这种性格倒是也很可能一不小心就说漏了嘴。可是,也正是因为我生长在这种环境里才会养成现在的性格……

结果又得出了这个结论,这个今天已经得出了太多次的结论——我可能永远也没法理解她的想法,乃至无法真的理解任何人。

"班上的同学情绪都还好吧?"

"还好。"我说得很敷衍,"大家跟她不怎么熟。她在班上不太说话的。"

"但是,你跟她是朋友?"

"至少我把她当成朋友。我不知道她是怎么想的。"

妈妈又沉默了一会儿,像是在努力理解我这句话。我不知道她从中听出了什么弦外之音。最后,她点了点头,又轻轻拍了拍我的脑袋,留下了一句"你也别想太多了,快期中考试了",就去做饭了。

是啊,就算好朋友去世了,世界也还在正常运转,谁也不可能因此就免去了上课、写作业和考试的义务。我换上了在家穿的衣服,去洗了把脸,就回到书桌前写起了作业,却发现因为一整天无心听讲,很多题目都做不来。无奈之下,只好又捧起课本看了起来。上课时总在读着"闲书"的远江,是不是每天都会遇到这样的麻烦呢?

后来我跟妈妈两个人吃了晚饭。

爸爸回来得很晚,看样子没听说我的同学出了事。他进门时,我出去跟他打了个招呼。要不是特地过去打个招呼,这一整天可能都见不到面了。可能是因为远江的缘故吧,忽然特别想跟爸爸聊几句。可是他看起来很疲惫,又喝了酒,只跟我说了一声"早点休息,别太累了",就回主屋去了。

回到房间,心里有些失落。

作业已经写得差不多了,不想读书,也不想睡。我把耳机插在手机上,准备听着音乐写完最后一点作业。里面大多是荐瑶推荐给我的动漫歌曲。我听不懂日语,也没打算听懂歌词。反正只是当成一种背景音乐,能听懂歌词反而会分散注意力吧。我有时也会很好奇,那些一边听着中文歌一边写作业的同学,真的不会分心吗?

按下随机播放键,正好放到的曲子是 *a far song*(后面还跟着一串我看不懂的日文)。我做完了最后一道物理题,它的前奏还没放完。三分钟的前奏之后,一个女声又把前奏的旋律唱了一遍,后面就又只剩下了钢琴声。它倒是挺符合鲁迅对《思旧赋》的评价的。平日只觉得这首歌有些催眠，今天听到它，又不免想到了远江那"只有寥寥几行，刚开头又煞了尾"的人生。

她的文章又何尝不是这样呢？

我打开抽屉，从一堆用过的笔记本中间翻出了一沓钉在一起的A4纸。那是远江之前为参加征文比赛而写的小说。我替她投寄的时候，多打印了一份，作为纪念。没想到才过了两个月，就要通过重读这篇文章来"纪念"她了……

《哀歌》——也许评委们在读到这个标题时就决定让它落选了吧。

小说由几个小片段组成。故事发生在何时何地，远江没做明确的说明。但从出现了蒸汽火车和女校的设定来看，至少能判断这不是我们这个时代的故事。也许是民国时的上海，也许是十九世纪末的伦敦或巴黎，也有可能是大正时代的东京——我们总向往着那些时间地点，把它们和"浪漫"画上等号。

主角是两个女孩子，一个叫K，一个叫S。

第一个片段是K赶往火车站，穿过拥挤的人流，找到了正要登上火车的S。全篇都没有出现对她们的外貌描写，只是提到S穿了一件紫红色的外套，提着一个棕色的皮箱。

之后就开始倒叙两人在学校里一起度过的日子。读到她们一起从教室走到图书室的时候，我一度以为S和K是以我们两个为原型的，可是看到后面又觉得是自己太自恋了。她们去图书室不是为了借书，而是躲在角落里观察周围的人都借了什么。她写道，班上看起来最成熟的女生（围绕那个女生还有不少绯闻），从书架上取下了一册插图本朗格童话集；而看起来最道貌岸然的女教师，借的全都是恋爱小说。

另一个我很喜欢的片段是夜里，K穿过宿舍楼的走廊去S的房间找她。她们吹灭了蜡烛，一起看着窗外的夜色，听着虫鸣，想象着睡莲和月见草盛开的样子,背诵着丁尼生的诗句:"夏夜里含芳的露珠／从群星的怀抱间滑落"。

可惜好景不长,有一天,在晨祷之后,班主任忽然告诉大家 S 要举家迁到别的城市去了,一周之后就要动身。K 质问 S 为什么没有早些告诉自己,S 说她一直在逃避,不敢面对这件事⋯⋯她们大吵了一架,回到房间,抱着各自的枕头痛哭着。

离别的日子一天天近了,两个人却赌气不和对方说话。终于,到了不得不远行的那天。同学们都站在校门口,或是呼喊着,或是在哭泣,S 也每走几步就回过头来,向同学们挥手告别。但她最挂念的却是没来为自己送行的 K。这个时候,K 正站在窗前,听着远处送别 S 的呼喊声越来越微弱,她知道是 S 已经走远了,同学们也准备回到宿舍来了。就在这个时候,K 听到了敲门声,推门进来的是严厉的舍监。K 被她打过手心,一直很怕她。

舍监问 K 为什么不去送 S,K 以为对方在责怪自己,支支吾吾不敢回答,膝盖也开始发抖。

但舍监并没有继续逼问她,而是讲起了一个故事。

"我在你们这个年纪,很喜欢采集植物,尤其是春天开在学校后山的那些不知名的小花。采完之后,我把它们都夹在了一本以为再也不会翻开看的书里,想让它们变成干花,永远留在那里。后来我渐渐把这件事忘了,直到最近,忽然有天心血来潮,想再读一遍那本书,却不记得里面还夹着四十年前采来的标本。一翻开书,干花全都碎了。"

K 不明白舍监讲这个故事的用意,却从中感到了莫大的悲伤,啜泣了起来。

"也许你以为可以把记忆都封存起来,不再碰触。但是,你迟早有一天会翻开那本书的。到那个时候,所有美好的记忆都会变成一种折磨。"舍监说，"你会心碎的。"

听完这番话，那些和S一起创造的回忆顷刻之间占据了K的脑海，眼泪再也止不住了。她顾不上和舍监道谢，奔出了房间，跑过走廊的时候险些撞上送行回来的同学们……

然后就有了小说开头的那一幕。在站台上，她们原谅了对方。开车前，S站在车厢的门后面，对K说了一句"到那边之后我会给你写信的"，全文至此便戛然而止了。

我周围没有人能写出这样的文章。荐瑶参赛的那篇我没见过，其他的同人小说她倒是给我看过一些，大多是短句，且往往写一句话就换一行，角色的对话里夹杂着大量不正经的语气词，文学性的描写更是一次也没出现过。相比之下，读惯了外国小说的我，更喜欢远江的文风。其他人或许会反感？我不清楚。可是，重读了之后，又觉得多少有些单薄。就像午休时松蓂对《春天》的评论那样，远江的文字有些唯美过头了。在她笔下，连悲伤和争吵也都像是经过了提纯、萃取，而有了些诗化的味道。矛盾的解决也未免太轻易了，而矛盾产生的原因又未免太矫情。也许这就是落选的原因吧。远江的小说，注定只能被同样十五岁的女生理解、赞许，而评委却一定都是些成人。

恐怕，相比那些描写打架斗殴或怀孕堕胎的青春文学，这一类唯美的故事更接近于我们所处的现实——因为我们的现实也不过就是在课业之余抱着一本小说、做些异代春闺的美梦罢了。可是大人们又怎么会明白呢？

把那沓A4纸放回抽屉里之后，我忽然开始确信远江是自杀的。没有什么确切的理由或证据。也许我只是不愿接受，写出这样干净、纯粹的文章的人，竟有可能死于一场滑稽的意外。

我只是一厢情愿地想给她的死赋予什么意义。

没有什么比无意义的死更让人悲伤了。

5

周四上午，我和荞瑶一起参加了远江的葬礼。在这个火化已成惯例的时代，"葬礼"也早已成了个徒有虚名的字眼。

朱老师也来了。她跟我们坐一辆车过来的。昨天午休快结束的时候，她在班里通知说远江会在今天火化，班上的同学可自愿去参加她的葬礼，问谁想去，学校会根据人数租车。结果只有我和荞瑶举了手。

我很清楚，荞瑶只是为了陪我才来的——她见只有我举手才举了手。而我又是因为什么，才觉得自己有义务来送远江走完最后一程呢？

坐车过来的时候，我和荞瑶坐在后排，她一直抓着我的手。起初我以为她是在担心我，结果一直有汗从她手心冒出来，我才明白她比我更不安。一问才知道，荞瑶从未到过火葬场。我不知道该向她道歉还是道谢，只是把她的手握得更紧了一些，直到我的手心也渗出了汗水才不得不松开。

——远江太可怜了。整个班上只有我们两个来送她。她说。

——是啊。

我有些晕车，把玻璃窗稍稍摇了下来，路面的噪音也一下子涌进了车厢里。我们不再说话，只是看着窗外的景色变得越来越荒凉。我们在驶向郊外，仿佛是在朝死亡进发。

我会和远江成为朋友，起初是因为陪荞瑶去向她约稿。而我跟荞瑶成为朋友，又是因为家住得近，碰巧坐了同一趟巴士。至于松羮（昨天她因为自己没有举手，心里很愧疚，为此还哭了），我会跟她成为朋友也不过是因为坐得近，每天一起吃午饭、一起去厕所。结果，我在班上的三个朋友里，两个都是因为家或者座位离得近这一类理由才熟识起来的。唯有远江，后来是我主动向她搭了话……

我还真是个随波逐流的人啊。

远远地，我看到了矗立在村舍之间的几根巨大的烟囱。那一定是我们的目的地了。

天很晴，没有什么云彩，那一道道灰白色的烟很是醒目。我在两年前来过这里一次，知道有些炉子是供家属焚烧遗物和花圈、纸钱用的，升起的烟也更黑一些。

车驶进了火葬场的大门，我赶忙把车窗摇了上去。隔着车窗，能看到四个身着礼服的人在抬棺材，后面跟着十几个送葬的亲友，每个人都低着头，像是抬不起腿来一样，用鞋底摩擦着地面，艰难地向焚化炉所在的方向走去。朝他们迎面走来的则是另一队人马。领头的中年男人抱着一个骨灰盒，不知要安放到哪里去。

我也看到了花圈和纸糊的车马。透过车窗玻璃看到的一切都蒙上了一层灰暗的色彩，我也并不希望这色彩太鲜活。不知为什么，这些献给死者的东西大多是鲜艳到有些刺眼的颜色。也许是为了中和凝重的气氛？还是有什么别的理由……

车停了。我们下车之后被带到了一个小房间里。

远江的母亲在棺材边迎接了我们。朱老师先过去问候了一番，和她握了手。然后是我们。"阿姨，节哀顺变，保重身体"，我们说着套话，鼻子却不由得泛起了酸。她和我们握了手。直到她松开我的手，去握荐瑶的时候，我才看清楚她的容貌。

她长得和远江有些像，特别是嘴唇的轮廓。眼睛却不怎么像，远江的要更大，也更明亮一些，不过这也有可能是她的眼睛哭肿了、无法完全睁开的缘故。她的眼角处生着很深的皱纹，脸颊和眉头都深深地陷了下去，不知是平日的操劳使然，还是来自这几日的打击。

在她眼里，我看到的并不只是悲恸，也不是心如死灰的空无，而是一种我形容不出的执拗的感情。这样的眼神我从未在别的眼睛里见过。的确，我也是第一次遇到痛失爱女的母亲。

那大概是怨恨吧——对这个蛮不讲理的世界的怨恨，恨不得与之同归于尽的绝望情绪。我没有读过《圣经》，只在别的书里看到过约伯的故事。或许，被夺走了一切的约伯在荒野里呼喊的时候，也正是这样的眼神。

然后我们依次从远江的棺材边走过，和她做最后的告别。

远江是坠楼而死的，我不敢想象她的死状。此时，她躺在棺中，遗体显然化过妆，丝毫看不出外伤的痕迹。这恐怕是她平生第一次以化过妆的样子出现在别人面前。我也是直到这个时候才发现，她本可以成为一个很漂亮的女孩子，丝毫也不输给那些在课上偷偷补妆的同学。然而即便在我的印象里，她也只是个毫不起眼的文学少女。尽管远江不戴眼镜，她却用比镜片更厚重的东西遮住了自己的阵容——氛围、气场，大约就是这样的东西。也许那是她的保护色，藉此让自己免于打扰，可以专心读她喜欢的书。但也有可能，她只是不擅长把自己的"真容"展示给别人看，并不是真想一直逃避下去……

事到如今，这一切的答案都无从得知了。关于她的一切，注定要被永远埋葬在火焰里。

我看着她面无表情的睡脸，轻声说了一句"晚安"。

到场的人，比我想象的更少一些，也没见到像是她父亲的人。我们围在远江的棺材边，每个人都一言不发，只是哭泣。直到有工作人员过来将棺材盖上、抬走。

火化没有用多少时间。工作人员敲碎骨头的场面我和荐瑶都没敢看。我们抱在一起躲到了一边。即便是这样,听到碾碎大块骨头的声音,仍免不了心惊肉跳,涕泗难禁。回过神来,远江的遗骨已被收到了那个红褐色的小匣子里,再也见不到了。

把骨灰寄放好,我们一行人朝停车场走去。

天上还是一片云也没有。微风在吹。有人已经开始闲聊了起来。我和荇瑶还有朱老师走在最后面,紧跟着远江的母亲。

到了停车场,远江的母亲把来参加葬礼的客人一个个送走,终于轮到了我们。学校雇来的司机已经等得不耐烦了,站在车边抽着烟。

就在这个时候,远江的母亲忽然开口了,却不是感谢的客套话,而是对着我和荇瑶问了一句:"你们两个谁跟我女儿比较要好?"

我和荇瑶对视了一下之后,回答说是自己。她母亲朝我走了过来。

"能不能再稍稍占用你一点时间。有样东西想让你看一下。"她微微低着头,没有直视我的眼睛,又补了一句,"早上出来得太急,我忘了带过来,能不能跟我回一趟家?我还想向你了解一下我女儿在学校里的事情……"

"我倒是无所谓。"说着,我朝朱老师看了一眼,只见她点了点头。于是我转过身和荇瑶道了声别:"你先和朱老师回学校吧。"

"到时候我开车送你回学校。"远江的母亲对我说,"不会耽误你太多时间的。"

送走了荇瑶她们,我坐上了远江的母亲开来的车。那是辆银灰色的旧款马自达,喷漆有些已经剥落了,车窗上的污垢也像是早就与玻璃融为了一体。在我的印象里,小时候有个亲戚开的也是这款车,早在四五年前就报废了。上路之后,我们一再被两边的车超过。除了汽车性能所限,这或许也与远江的母亲没把心思都放在开车上面有关。

她问了我一些和远江有关的问题，我也如实回答了她。当她听到我说远江在课上一直读着小说，并没有表现出有多意外，可能之前朱老师已经告诉她了。她也问起了校刊和征文的事情。这倒让我吃了一惊。我本以为这些事远江都瞒着她。校刊的事情也就罢了，参加征文应该是我们三个之间的秘密才对……

　　不过我的疑窦很快就解开了。

　　"我女儿在日记里写了很多你的事情。我想让你也看一下。"

　　"这不太合适吧？"

　　"我觉得她应该也很想让你看到。真的写了很多你的事情。这几个月的日记几乎每天都会提到你。"远江的母亲说，"她应该不希望被我看到，才特地藏得很深。"

　　"女儿应该都不希望日记被家长看到。"

　　"是啊。我年轻的时候也总把日记藏到谁也找不到的地方，有时候自己都忘了藏在哪儿了，只好换个本子。"说到这里她停顿了一下，像是要打断自己无谓的回忆。"她非要把日记藏起来我也能理解。上面提到我的地方就没什么好话……我真是个失败的母亲。"

　　"远江的日记一直记到了出事那天吗？"

　　"只记到了之前一天。她喜欢夜里记日记……可能那天还没来得及。"

　　"当时阿姨已经睡了？"

　　"睡了。不过很快就醒过来了。也不可能不醒过来。后来就再也没睡过。"她朝副驾驶席这边看了一眼，补了一句，"别担心，我现在一点也不想睡，不觉得疲劳就不算疲劳驾驶吧？"

　　"您不要太勉强自己了。"

　　"你父母是做什么工作的呢？"她生硬地转移了话题。若在别的场合被这么问起，我肯定会被激怒的。当然，即便心里有一万个不满，我应该也会强装笑颜作答。是啊，我就是这样的人——今天也不例外，变得更加讨厌自己了。和昨天一样，和升上高中之后的每一天都一样。

但今天我并没有感到愤怒，只是想到没有父亲的远江若被人这么问起，只怕会更加生气，结果好不容易才平复下来的悲怀又翻涌了起来。

我几乎是以哭腔回答了这个问题。

"爸爸是公务员，妈妈是报社的编辑。"

"远江肯定很羡慕你的家庭。"

恐怕真是这样没错。话说到这个份儿上，我也没法再问她母亲是做什么工作的了，又想不出什么别的可说的话，只好默默低下了头。

"你为什么愿意跟我女儿做朋友呢？班上肯定还有更有趣的孩子吧？我女儿那么阴沉……"

"没有这回事。远江是个很有趣的人，读过很多我没听说过的书，知道很多我感兴趣的事情，文章也写得很好。她不像您说的那么阴沉，也会跟我说……笑……"

真讨厌，还以为今天的眼泪已经哭干了，可以放心地说这些话了。结果又变成了这样。

过一会儿真要读日记，不知要掉多少眼泪，希望不会弄脏远江的日记本。

"是吗？她在我面前已经好几年没笑过了。"

我们断断续续地聊着，不知不觉间已经开到了小区门口，那也是我每周六和远江告别的地方。养育了她的这个破旧的小区，我一次也没有踏进去过……我还没来得及发更多的感慨，车就已经开进了小区。穿过一段两楼间只能容一辆车通过的道路之后，远江的母亲最终把车停到了一幢公寓楼下的空地上。附近能看到几辆轿车，从方方正正的轮廓来判断，应该也都是早些年流行过的款式。整座小区的时间就像是停止了一样。

我看着脚下铺着六角形地砖的地面，忽然感到一阵眩晕，紧接着是恶寒。我不知道远江是不是从这一边的窗户摔下来的。也许我脚下的地砖上曾溅满了她的血，现在将电视剧里常出现的鲁米诺试剂喷到地上仍会起反应……

我赶忙跑进门洞，远江的母亲也很快跟了过来。一进楼道，我便闻到了一股熟悉的霉味。外婆家也是老楼，常年都是这样的味道。她把我领到了五层，打开了左边的那扇防盗门，招呼我先进去。

没有客厅，一进门是条过道，厕所在离门不远处，厨房则在视线的尽头。过道稍宽出来一点的地方放着冰箱和洗衣机。白色的石灰墙，离地面约一米高以下的部分刷了斑驳的绿漆。墙上什么也没有挂。快到厨房的位置，左右各开了一扇门，看来这是一套两居室。

"不用换鞋。"远江的母亲说。

她自己也没有换。

我被领到了背阴的房间。从陈设来看，这应该是远江住的地方——只有一张单人床，一套桌椅，墙上只挂了日历，没有书架，也没有什么电子设备。书桌上有一盏黑色的台灯，还有一排课本和活页夹靠墙摆放着。

只有一本蓝色的活页夹躺在桌上，颜色、尺寸和其他活页夹并无不同。远江的母亲让我坐在书桌前的转椅上，说要去给我倒水就先出去了。我坐下之后，才发现平躺着的活页夹颜色较其他的略深，但也只是不细看就不会发现的差别。

她母亲回来了，在桌上放了一杯温水。

"这是远江的日记。"她指着摆在我面前的那本活页夹说。

我正要翻开它的硬壳,远江的母亲又退到了门边。

"我一会儿去买点菜,中午就在家里吃点东西吧。下午我开车送你回去。"

"没关系,我坐公交车去学校好了。不用麻烦您了。"

"总之在这儿吃完饭再走吧。"

这么厚的一本活页夹,一时半会儿怕是也看不完。看来只能在这里吃午饭了。见我点头答应,她走出了房间,替我关上了门,像是先到朝阳的那间屋子去了。

终于,我翻开了那本活页夹,第一页是初三数学的笔记,第二页也是,但这只是远江的一种伪装工作。从第三页起,就密密麻麻地记满了她每天的生活。

我又随手往后翻了几页,见有些活页纸上只记了五六行就另换了一页。恐怕她平时总将尚未记满正反两面的活页纸夹在什么地方藏起来(所以几乎每张纸正中间都有一道折痕),有时忘了将上一张纸藏在了哪里,只好另拿了一张,后来无意间找到了那张还没写满的纸,就按时间顺序插了进去。应该也有些日记到最后也没再找到。

我深吸了一口气,翻回到日记的第一页,读了起来。

第二章　为一个孩子不要夭折而祈祷

9月17日　　周六

连着读了几篇日记体小说，忽然也想记一点什么。买了这个活页夹，颜色和之前买的不太一样，但应该不会暴露。可是真拿起笔，又发现无事可记。每天只是坐在教室里盼着天黑，或是躺在床上等着天亮，就只是这样。想让日子快点过完。想找到能加快时间流动的方法。曾见一位法国作家说古希腊人不知道小说和香烟这两样让时间加速流动的方法。也许他是对的。但我们这些"小孩子"就算知道了又怎么样呢？吸烟被抓到会被学校开除吧？整天看小说也会被当成怪人。可是真的太难熬了。

总会遇到没有书可读的日子。这种时候又该做些什么来打发时间呢？以往总是把时间花在写周记上面。那个老女人若是推门进来了，也好交代。毕竟是学校留的作业。但周记写太多字，只怕要引起语文老师的注意，继而被班主任知道，然后想不让那个老女人知道也难了。所以总是写三页撕两页，撕到最后一个本子不剩几张纸了。初中时有些班级不收周记，我很担心高中遇上那样的语文老师。现在倒是不必担心这个了。记日记吧。不为拿给谁看，也不为留给几年之后的自己，只为了打发时间。

9月18日　　周日

哪里都没去。一整天都在家。那个老女人也在家。下周末还是找本薄一点的书夹在课本里带回来好了。可是太薄的书立刻就看完了，终不能帮我挨过整个周末。

还是写点什么吧。好羡慕那些日记体小说的主人公，有这么多可记的事情。这和书信体小说的主人公又不太一样。健谈的人我见过很多，对着别人能滔滔不绝地讲个没完。书信体小说的主角们大抵都是这种人吧。但日记体小说的主人公却不是在向别人倾诉，而是自言自语，结果还写了那么多话。若在街上遇上个不停自言自语的人，任是谁都会觉得那是个疯子。为什么在日记里"下笔不能自休"就能被原谅呢？只是因为没有发出声音来，不会打扰别人吗？

回想起来，我初中时也试过给人写信，却不知该寄给谁，总是把写好的信塞到信封里，不贴邮票就扔到街边的邮筒里去。当时还真是写过不少大胆的句子，希望没有被哪个好事的邮递员拆开看过。我写过几封求救的信。说自己被父亲虐待，时常想死，恨不得赶快逃离这个家——反正我也没有父亲，这种东西写起来一点负罪感也没有。也写过恐吓别人的内容，想象着是写给班上一个女生的，当然也并不存在这样一个人。我说自己看到了她和男老师在学校后院接吻，还在她课桌里翻出了那个老师写给她的情书。如果不想被告发，就要对我言听计从……

是啊，情书我也写过。这是我最大的误算。写完的情书还没来得及"寄出去"就被那个老女人发现了。她非逼我说出对方是谁。"这只是我写着玩的"这种话更难说出口，无奈之下，我只好随口说了个男生的名字。之所以选他只是因为那个名字很好记。其实我根本想不起他的长相。正巧那段时间我的成绩不太理想，这件事闹得很大，那个老女人甚至想让我换个班，怕我真跟那个男生擦出什么火花来。后来她一忙，也就不了了之了。从那以后，这种没有收件人的信我就再没写过了。

日记应该是安全的，混在课堂笔记里就不会被发现。

9月19日　周一

读了两本德国小说。没什么情节所以读得很快。作者真是个自恋的人啊。我想，也会有人读完之后很感动。也许是我太冷血。想看点故事性更强的东西。如果只是内心戏，只要闭上眼睛就能读到了，又何必去借书呢？更不必冒险在课堂上翻看。

9月20日　周二

午休时班上有人吵了起来，不知是因为什么。两边都有帮腔的人。好快啊，开学没几周就都交到了朋友——也树了敌。吵架的其中一方是语文科代表在牵头。入学教育的时候，班主任也问过我愿不愿做这个职务，我推掉了。后来才选了她。如果做了语文科代表，就能读到班上其他人的周记了吧？我倒是也没什么兴趣。反正肯定都写得很糟糕。

9月21日　周三

今天才知道昨天他们是为了午休时放动画还是放歌而吵了起来。初中时班上也有喜欢看日本动画的同学，同时也有人说那些同学是"汉奸"。看动画的同学偶尔还会读一些封面很花哨的小说，另一群人就只知道去网吧、打篮球。看来世上有两种人，一种人会对"故事"感兴趣，另一种人则不会。比起没有故事的流行歌曲，我还是想投动画一票。

9月22日　周四

有点失望。原来也有这种没有"故事"的动画。虽然班上也有人笑得前仰后合，我却不觉得有什么好笑的。从明天起还是一边翻书一边吃饭吧。

9月23日　周五

班会时说到了下周五的运动会。项目大多没人报名，都是班委在指派。有两个女生摊上了跑八百米的任务，估计想死的心都有了。还好我看起来就不是擅长运动的类型，谁也不会点到我。平时在小说里很少见到喜欢运动的人，就算有，也大多不是什么正面角色。这又是为什么呢？

9月24日　周六

这周开始上补习班了。就在家附近。没遇上什么现在的同学，倒是在走廊里看到了初中同学。我也没去搭话。像我这样穿着校服的实在是少数派。衣柜里没什么能穿出去的衣服。对于自己的品味也没有信心。对那个老女人就更没有了。果然还是校服最安全。

9月25日　周日

昨天刚写到服装的话题，今天那个老女人就带我去买衣服了。店员很烦人，推荐了很多那个老女人看不上的款式。之前听班上的女生聊起过买衣服的话题，好像有很多秘诀。比如说白色的上衣搭配碎花的裙子一定不会出错。但反过来说，会那么打扮的人，大多是循规蹈矩的性格。说这番话的女生，总在膝头摊开一本时尚杂志，上周还被老师没收了一本。可能在她眼里，白上衣和碎花裙已经是最土的搭配了。可是我若在街上见到那样打扮的人，肯定会误以为那就是时尚潮流吧。不知道她看到那个老女人替我选的衣服又会做何感想。

9月26日　周一

翻了几页上周借的《歌德谈话录》，不怎么有趣。中午就还回去了。像这样把别人的言论逐条记下来的做法，倒是挺让人羡慕的。若能交个能说会道的朋友，每天就不用担心无事可记了。但是交不到吧。要是能在班上最有趣的女生身上安个窃听器就好了。她在午休的时候、放学的路上、晚上在家给同学打电话的时候，都会说出不少值得记下来的句子吧。即便都是些无意义的闲谈也好。反正只是为了打发时间。

9月27日　周二

又偷听了几句班上女生的闲谈。这次她们说的是恋爱的话题。有个女生抱怨男友太小气，另一个说高中生都没什么钱，不如找个大学生做男友。她还设计了一整套结识大学男生的妙策。说是可以放学后潜入大学的教室里旁听，顺便和大学生搭话，请对方教自己功课……看来她们也是很寂寞的人，脑子里也满是些二流言情小说的桥段。虽然她们不喜欢读书，却都是些渴望"故事"的人。

9月28日　周三

久违地借了一本诗集。译文出于多人之手，质量参差不齐。有几首为了押韵用了很多不上台面的口语。想来原文不是这样的。放学后把书还了回去，到现在只记得一首托马斯·格雷的《墓畔挽歌》。悼念了一位年轻的死者——他的人生也好，死亡也好，都没有什么可圈可点的"故事",既无趣又不值得纪念。今天骑车回家、等红灯的时候就在想,如果我就这样被车撞死了,我的生与死是否都是毫无意义的。后来绿灯亮了,就没有再想下去。

9月29日　　周四

明明想读故事,却总在借些故事性不强的外国小说,说到底只是自尊心在作怪吗?可是,班上的女生争相传阅的书,图书馆是借不到的。流行小说要从很早之前预约才能借到手。反正也只是打发时间,读什么都无所谓。当然,最好是看了能有些感想的书,至少,晚上能把感想记到日记里,再帮我打发些时间。但这样的书太少了。如果我再敏感些,再容易被打动一些,或许就能对每本书都写下些感言了。结果还是我自己的问题。

9月30日　　周五

和自己无关的运动会。可以放心地坐在一旁读书。昨天特地去借了本超过六百页的巨著。被指派去跑八百米的女生里,有一个临阵脱逃了,另一个倒是规规矩矩地跑完了全程,虽然也没拿到什么名次。谁也不会责怪那个临阵脱逃的女生。另一个女生在跑的时候,她的几个死党一直跟她高声谈笑,还时不时往跑道那边投以轻蔑的目光。我想,班上的女生应该会更认同临阵脱逃的做法吧——"换作是我,也不会费这个劲去跑的"。大家应该都是这么想的。男生若是逞强一点,可能会有人觉得是"帅气"。太逞强的女生就只能被反感了。跑完全程的那个女生回来的时候班长带了个头、全班一起给她鼓了掌。但我很清楚,从心底赞赏她的做法的人应该一个也没有。

10月1日　　周六

长假,哪里也去不成,也没有可看的书。昨天那本书还差一百页没看完。它太厚了,带回家不知道能藏在哪里。还是算了。最近开始尝试自己编些故事,大多很老套,要么就是不成片断。写进周记里,老师也只会给几句暧昧的评语。比如说希望我能写点"你这个年纪才能写出来的东西",不要一味模仿别人。还劝我"好好观察生活"。我倒是真想好好观察呢。

10月2日　　周日

作业写得差不多了。不会的题都随便糊弄了个答案。要是能交到朋友的话,就能抄她的作业了吧。可是,被问起"为什么要和我做朋友"的时候,回答说只是为了抄作业,对方会不会跟我绝交呢?但说到底,比这更龌龊的理由尚有许多,只是绝少有人说穿罢了。

10月3日　　周一

今天开始到七号要上补习班。这样也好。可以到河边散散步。中午有个补习班上的女生向我搭话了,问我要不要一起吃午饭。我姑且答应了。那也是个怪人,吃饭时一句话也不想和我说,坐在我旁边听起了音乐,把半边耳机塞给了我。是个男人唱的。我听不出是日语还是韩语。从食堂回到教室,她给我看了她的手机桌面,是个染过发的男人,鼻梁很高。她说这是她"老公"。我随口问了一句"是你男朋友吗"。她很吃惊,说我居然不知道某某某。后来就不怎么理我了,自己听起了歌。希望她明天不要再来向我搭话了。

10月4日　　周二

难得补习了一次语文，可惜是我最讨厌的现代文阅读。我已经习惯了一小时翻六七十页书。只看个大概，不深究细节。如今再让我这么仔细地读一篇一千来字的短文，反倒很不适应，总是一眼就扫到了结尾。看来那个老女人是对的，读闲书对提高语文成绩一点帮助也没有——或许还有害。那个女生果然没再来找我。午休之后就不知去了哪里，看样子是翘掉了下午的课。说不定是找她"老公"去了。

10月5日　　周三

我也试着翘了一次课，去附近的市图书馆转了转。那里也能借到不少外国小说。可惜要办张读者卡，还是算了吧。被那个老女人发现就不妙了。

10月6日　　周四

讨厌下雨，也不擅长打伞。走到教室身上都湿了。下午雨停了之后又闷热了起来。今天补习了作文，用一节课的时间写了一篇。题目是杜甫的一句诗"用心霜雪间，不必条蔓绿"。这显然是个不必练习的题目。毕竟高考是六月，肯定比今天更热，不会有哪个命题者忍心让考生顶着酷暑去吟咏霜雪。倒不失为一句好诗，要是能在考题之外的地方遇到它就好了。

10月7日　　周五

临睡本想写点日记，忽然发现有一样作业忘了写，一边挨着骂，随手应付了一下。那个老女人总算去睡了。我也没有写东西的心情了。

10月8日　　周六

倒休上课，图书室却没有开。姚老师又在偷懒。读完了那本书的最后一百页，死了不少人。剩下的时间就在发呆。

10月9日　　周日

姚老师来上班了，一问才知道是去旅游了。她送了一张押花书签给我。说是今天来借书的人都有份，送完为止。

10月10日　　周一

午休的时候，有两个女生来找我搭话了。一个是语文科代表，也就是主张午休时要放动画的那个人。另一个就是运动会时跑八百米的女生。幸好都是我认识的人。她们问我愿不愿意给校刊写篇稿子。我答应了。反正只要用个笔名也不会有人知道是我。正巧假期里多写了几篇周记，被我从本子上撕了去。那几页纸现在就放在课桌里，立刻就能交稿。可那样做未免要让她们起疑心。于是我说周五给她们。

10月11日　　周二

今天开始放的动画还挺有意思的。反响也不错。下午课间的时候已经有人模仿起了女主角的那句"我很好奇"。见语文科代表把小说原著借给了跑八百米的那个女生。我也想借来看看。放学后去了趟图书室，却被告知前面还有七个人在等。最后在姚老师的推荐下，借了那个作家的另一本书。

10月12日　　周三

再也不相信姚老师的推荐了。居然劝我借了这么可怕的小说。一群人为了钱自相残杀，最后又甩出一道我最讨厌的数学题。这就是所谓的推理小说吗？怪不得不用预约就能借到。

10月13日　周四

日本的高中生真的过着动画里演的那种生活吗？有点难以想象。可是，仔细想想，班上也不乏享受着每一天的同学。有时会听到两个女生商量放学后去哪里闲逛，或是周五放学时聊到周末一起出去的计划。对于她们来说，高中三年只是弹指一瞬吧。之前有个考上了名校的毕业生回来和我们分享经验，说高三再开始努力也不迟，前两年不妨"多创造些回忆"。当时朱老师的脸色真的很难看，又不好当面反驳，等那位学姐走了之后才告诫我们说高一、高二不打好基础，等到高三再发力就来不及了。我想，对朱老师来说，高中三年一定再漫长不过。

10月14日　周五

把稿子交给了那两个女生。还是没好意思问她们借那本小说。也不是很想看了。昨晚花了很多时间想笔名，结果都不太满意。一面想着只要不暴露自己怎样都好，一面又想要取个和真名沾一点边的，总是把握不了平衡。今天到了学校翻遍了手上的几本书，也没有拿定主意。眼看着就要到午休时间了，我自暴自弃地在稿子第一页的右上角写上了一个初中同学的名字。她去上海念高中了，不可能看到我们的校刊。当时没和她说过几句话。她父母可能都是读书人，给她取了个很有文化的名字，看起来就像个笔名一样。

10月15日　周六

在补习班的教室外被初中同学认了出来。对方问我要"联系方式",我只好把家里的座机号告诉了她。她一脸怪讶地看着我,出于礼貌没再多问。相信她永远不会联络我了。

10月17日　周一

昨天身体不舒服,睡了一整天。夜里反倒睡不着了,但也不想动,就一直躺到了天亮。今天午休的时候那两个女生又来找我了。说已经把我的小说敲进了电脑,发给了编校刊的人。还问我写的到底是谋杀还是殉情。不知为什么,她们都认定房间里有两个人,而我不过是想通过侧面描写来讲个独居者自杀的故事罢了。我不想败她们的兴,只说"是自杀",结果提出了"殉情说"的女生一脸得意,还调侃了一句认为是谋杀案的女生。

10月18日　周二

上课读小说被抓到了。老师以为我是初犯,只批评了两句。最近英语课上要小心一点了。希望他不会跟班主任告状。

10月19日　周三

午休时拿着书准备还到图书室的时候,被人叫住了。是那个跑八百米的女生。她手里拿着数学课本,说是要去报刊阅览室那边自习,正好顺路,问我要不要一起过去。我没想出什么拒绝她的借口,就答应了。不过是几步道,她却说了不少话,连喜欢什么作家都告诉我了,还问了我很多问题。她看起来很开心。和我聊天还能这么开心的人还是第一次遇到。

10月20日　周四

她今天也来向我搭话了。我们又一起去了图书室那边。每次提到她都要写一长串"跑八百米的那个女生"，未免太麻烦。不如就叫她 α 吧。虽然我并不觉得还会有个 β。

10月21日　周五

午休时 α 指着一本我准备还的书，问我"这本书怎么样"。我虽然看了，对它却没什么想法，只好支支吾吾地敷衍了一番。α 苦笑着看着我，那眼神就像是在说"你借了这么多书，并没有都看完吧，是不是只是装装样子"。看来，为了能应付她，下次要替每本读过的书准备些"感想"才行。

10月22日　周六

租用的场地要办什么考试，补习班停课一次。那个老女人毫不知情。我像往常一样背着书包出门，在河边坐了一会儿。风已经有点冷了。又心血来潮去商场里逛了一圈。穿着校服、背着双肩包，实在不是逛商场的打扮。没有午饭，饿一顿倒也无妨。下午去了趟图书馆。翻了几本学校图书室里没有的画册。路过借书处时，看到一个人的背影很像是 α。白色上衣，碎花裙，（若按某位同学的见解）这还真是 α 可能会穿的搭配。没过去搭话。到最后也不确定是不是她。

10月23日　周日

难得那个老女人不在，读了一本藏在衣柜里的存货。真是个幸福的周末。吃过晚饭才发现作业还没怎么写，随便应付了一下。如果跟 α 的关系能再好些，是不是就能问她借作业抄了呢？

10月24日　周一

拿到了校刊。原本是要花五元钱买的。我和α她们因为供了稿，各收到了一本。换言之，我们的文章只值一本校刊的钱。如果能拿到稿费就好了，还能再补充点存货。今天我和α都没去图书室，午休时在二层的平台读校刊。后来语文科代表也来了（如果她多跟我说几句话，或许就能成为β了。可惜她只和α聊，没怎么理我）。她写了几篇文章，介绍了几个日本歌手。α写的是《你往何处去》的读后感，大多数篇幅都用来分析暴君尼禄的形象。其他班的同学交的文章也以读后感为主，带情节的少之又少。

10月25日　周二

午休时班上的同学都在为下周的期中考试做准备。α提议一起去报刊阅览室复习。虽然对考试成绩早就不抱希望，我还是还好书就去那边找她了。她用昨天拿到的校刊替我占了座。坐在α旁边，总忍不住观察她，根本看不进书。如我所料，她的笔记记得很仔细。不小心写错了字，也会用两道直得像拿尺子画出来的横线画掉重写。在背完物理公式之后，她又摊开了政治课本。课本上每一页都用荧光笔画出了重点。观察了一番之后，我的决心愈发坚定了——和α搞好关系以便抄她的作业的决心。

10月26日　周三

今天中午，坐在α后面的女生也来一起复习。在我印象里她是个很稳重的人，举手投足间都有种贵族小姐特有的缓慢，从耳机里漏出来的弦乐声也极像是高雅的古典乐。可是我瞥了一眼她的课堂笔记之后，实在是大失所望。她的字迹有种很特别的邋遢，像冬天的枯草一样颓丧地爬满一页纸。笔记本的空白处甚至还有她随手画的涂鸦。后来她似乎注意到了我的视线，总用橡皮把涂鸦遮住。看来真是人不可貌相。

10月27日　周四

午休时没和α一起去自习。她留在教室里辅导坐在她后面的女生。我借了本书，不想回教室，就去温室找了个孤零零的椅子。没法静下心来看书，一中午只读了三十来页。后来校园广播响了，其他人陆陆续续回了教室。我一直坐到预备铃响。走进教室时，任课老师已经过来了。他见我抱着一本借来的《小杜丽》，随口说了句"都快期中考试了还去借书啊"——我没记错的话，下午第一节课是语文，说这话的这个老男人也是个语文老师。

10月28日　周五

从现在开始复习也不算太迟吧……

11月4日　周五

昨天是出成绩的日子。又被骂了一顿。已经没什么感觉了。早就料到那个老女人会把我那边翻个底朝天，事先把日记本放在了学校，衣柜里的存货也转移了地方。最大的损失是那本校刊被撕了。这样也好，供稿的事情就永远不会暴露了。

11月9日　周三

最近都不敢在家记日记。学校里有可读的书，也不用借此打发时间。不过今天的事情一定要记上一笔。这可能是我升上高中之后最值得纪念的一天。11月9日，我不会忘记这个日子的——今天，我问α借作业抄了。虽然只抄了两道不会做的数列题而已。我想，我们应该不会有比这更进一步的交情了。对我来说这已经足够了。

11月11日　周五

班会上说到了下个月初的合唱比赛，说是要占用大家的午休时间排练。这种无聊的集体活动都消失算了。反正都是些没人想听的歌，唱得再好又有什么用呢？不过以α的个性，肯定会认真参加每一次排练吧。换成别人，我肯定会觉得这很恶心。但α一定不是抱着什么目的才这么做的，所以没关系。我也喜欢看别人勉强自己、出于无谓的责任感而做出许许多多无谓的事情来——反正我只是个旁观者，永远也不会参与其中。α真是个绝佳的观察对象，简直想以她为主角写一本小说了。

11月12日　周六

午休时去了一趟市图书馆，顺便翘掉了下午第一节课。今天没见到那个长得像α的人。后面是我最不想听的化学课，但必须回去了。那个老女人要是来接我，我却不在，岂不是太糟糕了吗？

11月14日　周一

第一次合唱排练。没和α分到一个声部。我的声音太低沉了。坐在她后面的女生做指挥，弹钢琴的是语文科代表的男友。反正不管是排练还是正式比赛的时候，我都准备对口型了。

11月15日　周二

　　跟我一个声部的几个女生没来参加排练，好像是不满王松黄（是叫这个名字吧）做指挥。如果没有α这层关系，我也去参加她们的抵制运动算了。

11月16日　周三

　　那几个女生的抵制运动只持续了一天。还是班主任厉害，几句话就摆平了她们。低音声部要唱的旋律很难听，根本不成调子。虽然我只是摆摆口型，听旁边的人唱还是觉得很难受。

11月17日　周四

　　如果向那个老女人抱怨说排练合唱影响学习，甚至只是旁敲侧击地提一下每天中午排练的事情，她就会去找班主任说情、让我不再去参加了吧。初中时就是这样逃掉了三年的远足。可是那样一来，未免太显眼了，也太丢人了。我还是想像现在这样，屏住呼吸，放轻脚步，努力不让旁人觉察到我的存在。虽然α已经注意到了……有α一个人就够了。

11月18日　周五

　　跟合唱有关的故事我接触得不多，只记得初中的音乐老师给我们放过一部法国电影，前一段我也借过一册日本人写的小说，都美好得近乎童话。总听人说"音乐不会说谎"，也许只有对生活怀抱着美好愿望的人才能唱出美妙的旋律吧。我却不是这样的人，心里满是些阴暗的、不想被别人窥视到的东西。我的歌声想必也不可能动听，毋宁说一定是丑陋的。所以继续滥竽充数吧。

11月19日　周六

那个老女人终于不怎么念叨期中考试的事情了。我要好好享受期末之前这段平静的日子。

11月20日　周日

楼下有个小姑娘练了一整天钢琴，弹的都是些极乏味的练习曲。搞得我也很烦躁，掰断了一块橡皮。后来琴声停了，又隐约听到了哭泣声。看来是被骂了。现在她又开始弹了，也没觉得比刚才弹得更好。

11月21日　周一

α和语文科代表劝我参加一个征文比赛，还说我写的东西"很像世界名著"。希望这不是一句骂人的话。参加倒是也无妨，只是万一获了奖，被那个老女人知道了，我岂不是要遭殃？好在她的生活也一样闭塞，即便我背着她出了书，她也不会知情吧。

11月22日　周二

连着写了好几个片段，似乎都能用到参赛文章里。但这些文字都是谎言，只是在假装自己很爱这个世界，假装被他人的善意打动了，假装在一草一木中都看到了什么深刻的东西——却都是在自欺欺人。可是，这是要拿给α看的东西啊。我不想这么早就被她讨厌。虽然我也知道，我和α总有一天会绝交的。只要她再了解我一些……

11月23日　周三

写了些没法放进小说里的片段。我这样的写法，肯定是要被专业作家们笑话的。别人都是先搭起故事框架来，再往里填东西，我却是先做好一块块拼图，然后祈祷着它们能拼出一幅完整的图卷。道理我都明白，但我就是想不出一个可写的故事。如果没有合唱排练就好了。我就能问问 α 的看法了。说不定她能帮我想出一个故事来。

11月24日　周四

昨天放学之后去借了一本《故事形态学》。之前并没听说过这本书，只是检索了一下"故事"，所有结果里这个标题最有趣，就借了回来。今天简单翻了一遍，看得一头雾水。作者明确说他的种种分析只适合民间故事，而不适合创作出来的小说。怕是没法给写作提供什么帮助。可是合上书之后，我忽然想通了——只要把前人写过的元素拼凑一下就好了，反正也没有什么真正想写的东西。

11月25日　周五

决定了！两人成为朋友—争吵—离别—和解，就利用这些"功能"（昨天刚学会的词，不知是不是这么用的）来写个"故事"吧。我之前写过一段火车站台的描写，用到"离别"的场景里应该再合适不过了。唯独"争吵"的部分不知该如何下笔。回想起来，没有跟那个老女人之外的人吵过架，最近跟那个老女人也不怎么吵了。要不要找 α 演练一下呢？

11月26日　周六

那个人果然就是 α。今天又在市图书馆碰见了她。她把两本发声练习教程还了回去，又借了我们要唱的那首歌的曲作者的传记。为什么对别人强加给自己的事情这么热心呢？犹豫了半天，最后终于下了决心、跟她打了声招呼。她很开心，说自己几乎每周都来。听说我在附近上补习班，就约我下周六一起吃午饭。我没法答应，只好推托说午休时间太短，只够在补习班的食堂吃饭——这当然不是实情，否则我也不可能出现在她面前。

我拒绝她，完全是经济上的原因。恐怕她也很难想象，有人活了快十六年，一次零用钱也没拿到过，只有骗家长说自行车坏了才能勉强拿到一二十块钱，也大多用来买"存货"了。要凑出和她在附近吃一顿饭的闲钱，只好再说一次谎。上次说谎是九月份，要钱太频繁会被戳穿的。她看起来有点失落，又问我家在哪里，是否顺路。最后得出了以后可以把我送回家再坐公交车的结论。今天她还有事，先回去了。

11月27日　周日

吃饭时听那个老女人讲起了同事的孩子。说那个女生正在美国读物理学博士。烦死了，我就算真被美国的大学录取了，家里也拿不出供我去留学的钱吧，说这些又有什么用呢？

11月28日　周一

合唱比赛。和预想的结果一样，四班拿了第一。我们班第二。连之前说要抵制合唱排练的几个女生看起来也很开心。反正我一句也没唱，结果如何都跟我无关。对了，坐在 α 后面的那个女生还被选为最佳指挥来着。α 提议说放学之后去附近的甜品店为她庆祝一下。反正我也去不了。

11月29日　周二

午休时又能和 α 一起去图书室了。可这竟也成了我的烦恼。今天她又指着一本我要还回去的书、问我感想。也对，她是那种对很多事情都有感想的人，理所应当地觉得我也是那样。殊不知我并不像她那样喜欢读书。α明明有其他可做的事情，也有能自由支配的时间，却总是选择用来读书，一定是真的热爱文学。说不定她以后也会报考相关的专业吧。这让我很羡慕。啊，如果能喜欢上什么就好了……

11月30日　周三

有点想管语文科代表叫β了。之前合唱排练的时候，她跟我分在一个声部，休息时也和我闲聊过几句（为什么一次也没有记到日记里呢，真是奇怪）。即便对于我来说，她也是个很容易相处的人。难怪在班里很受欢迎，又交到了男友。可是，我却总对她抱有负面的情绪。如果说对α只是羡慕的话，对她恐怕就是妒忌了。我只想和一只萤火虫或一盏灯做朋友，而不是一颗我不敢直视的太阳。

12月1日　周四

午休时α被学生会的人叫走了。我心想，她应该不会犯什么事，估计是那边的人想劝她加入。果不其然。是班委推荐了她。但α并不打算加入，只答应帮他们算算活动经费。

12月2日　周五

去图书室的路上问α为什么不想加入学生会。她说"现在这样就很好"。有点意外。忽然觉得她比我想象的更消极。但仔细想想却发现的确是这样。运动会的时候如果班委不指定，她不会报名参加任何项目；给校刊供稿的时候也是，如果语文科代表不找她，她也不会主动投稿吧。难怪我总对她有种莫名的好感。我们在消极这一点上是一致的。只不过她在对待别人强加给自己的事情时，态度比我认真一些。至于语文科代表，为了中午放动画，不惜和同学撕破脸，积极得近乎强硬了。我无法成为那样的人，也注定和她做不成真正的朋友。

12月3日　　周六

补习班放学之后和α一起回家。不记得一路聊了什么。本想在编故事方面问问她的意见，却一句也没问出口。只让她送到了小区门口。若让那个老女人看到我交了朋友，只怕又要问这问那的。说到底，不就是怕我和成绩不好、品行不良的人混在一起吗？但是，班上真的有成绩比我还差的女生吗？上课一直看小说的我，品行也绝不在优良之列吧？

12月4日　　周日

一整晚都没睡好。起来写点东西被那个老女人发现了。还好她以为我是在整理课堂笔记（没记过的东西要怎么整理呢）。

12月5日　　周一

今天的校园广播请姚老师去做了回嘉宾。主持人显然不知道她丈夫也是学校的老师，居然问他们夫妇是在哪里相遇的。姚老师也只好笑了笑说是在学校的走廊里。广播快结束的时候，她说学校要处理一批藏书，明天中午会把那批书摆在操场上，每人最多可领取五册。这倒是一个久违的好消息。

12月6日　　周二

午休时和α一起去操场挑拣除籍本。姚老师也在。大多是些二十世纪出版的理工科的书。小说不多，而且往往是苏联或东欧的，让人提不起兴趣来。我和α一起翻了好久，总算找到了几本司各特的小说。她拿走了几册分类版《辞海》。

12月7日　周三
语文科代表的生日。α送了她一本《德米安》，说是她喜欢的动画引用过里面的话。我写了首小诗送给她。放学后她和男友去约会了。α问我生日是什么时候，我告诉她是一月初。她说真不巧，那正是大家期末复习的时候，不过她会帮我庆祝的。α的生日在暑假，怕是也没有同学会跟她一起过。

12月8日　周四
下雪了。关于下雪，学校流传着不少传说，今天听班上两个女生聊起，说是出过命案。只怕又是哪个好事的高年级生编出来吓唬学弟学妹的。下雪天最不适合骑车，但也唯有在这种日子，慢慢悠悠地推着车走回家也不会被责怪。结果放学时雪已经停了，地面上也没留下什么痕迹。到头来还是像往常一样骑回了家。

12月9日　周五
昨天是雪，今天忽然又下起雨来了。α没有带伞，语文科代表说会把她送回家。我只跟那个老女人一起共撑过一把伞。她会把伞稍稍向我这边倾斜。我却只觉得很讨厌。看到的人一定都在心里骂我不孝吧。说到下雨还真是一点美好的回忆都没有——虽然晴天一样没有。

12月10日　周六

和α一起回家。她说在和语文科代表写交换日记，问我要不要加入。我没拒绝。结果她立刻从包里取出一个本子。从银色的封面上依稀能辨认出几道颜色稍深的唐草花纹。α硬要把那个本子塞给我。若是被那个老女人发现就不妙了。可是也想不出什么不收下的借口。回到家，立刻把本子藏到了衣柜里。虽然很在意她们写了什么，安全起见，还是等明天那个老女人不在的时候再看吧。

12月11日　周日

原来α她们是上周才开始写的，有点失望。语文科代表写了很多跟她男友有关的话，要不然就是看动画的感想。不管是什么话题，她总会引用网络上的观点（"看网上说"），不看字迹和落款也知道出自她的手笔。α的部分倒是和我想象的差不多，内心戏很足，简直像我讨厌（却一直在看）的德语文学一样。读了什么无聊的书都能写一大段感想，甚至在字典上看到"有意思"的词条也要记上一笔。像"鸠聚""噬脐"一类的、到死也用不到的词，又何必用心去记呢？当初没选α做语文科代表，实在是朱老师的失策。

12月12日　周一

昨晚匆匆写了几笔交换日记。不知该写些什么，就向她们道了谢。我确实很想看她们的日记。却又觉得动手写是个很大的负担。我既不像语文科代表那样过着精彩的生活，也不像α那样多愁善感，记日记只为打发时间，实在不值得拿给别人看。回想起来，开始记这本日记，也不过是因为读了几篇日记体小说，忍不住效颦罢了。没想到居然坚持到了现在。至于读书，也是初中时见班上的女生都在课上偷偷读小说才开始看的。α有次说我是"文学少女",这真是天大的误解。明明她自己才是。

12月13日　周二

午休时班上又吵了起来。有几个男生说今天不宜放日本动画,语文科代表问为什么,被他们嘲弄了一番。可能是对方是女生的缘故,他们只是说她"无知",没用更难听的词。后来班上大多数同学都戴上了耳机。我没有耳机,只好一边看书一边吃饭。最后语文科代表和男友去外面吃饭了。

12月14日　周三

又拿到了那个唐草花纹的本子。α说读了我写的话很感动。换作别人这么说我只会觉得是客套。α的话大约是真的被打动了吧。然而我并不确定自己有几分诚意。

12月15日　周四

体育课休息时语文科代表说很喜欢我的名字。说是很"和风",问我是否有什么深意。这可真问住我了。名字是我父亲取的,究竟是什么意思,只怕那个老女人也不知道,何况是我呢?只好敷衍说是"远处的江"。结果她竟忽然唱了一句"遥远的东方有一条江,她的名字就叫长江"。α在一旁听了我们的对话,笑得快断气了。

12月16日　周五

午休时语文科代表说最近没时间写交换日记了。α问是不是临近期末的缘故,她说不是。原来她做上了某个动漫论坛的"版主",要忙一段时间。又是我毫不知情的世界。α 提议说交换日记先停一段时间——她给的理由倒是"快期末考试了"。

12月17日　周六

今天 α 有事没来市图书馆。又下了场雨，还好是上课的时候。冬天太难熬了，每天钻进被子的时候都很想死。起床还要更艰难一些——糟糕，这话像是 α 会写进日记里的话。不知不觉还是受了她的影响。可是说到底，我们过的根本不是同一种生活。

12月18日　周日

要参加征文比赛的小说（姑且算是小说吧）写了个初稿，犹豫着要不要拿给她们看。有些话自己看了都觉得丢人。她们若是当着我的面读，我真恨不得要找个地缝钻进去呢。可是到最后肯定要拿给她们。毕竟，敲进电脑这一步，只能拜托她们两个。

12月19日　周一

把稿子带到学校，没好意思拿给她们看，又装回了家。明天，至少从书包里取出来吧。哪怕只是取出来之后放到课桌里……

12月20日　周二

先不想稿子的事情了。昨天满脑子都是这件事，都没怎么跟 α 她们说话。反正还有时间，等放了寒假也不迟。

12月21日　周三

开始重写那篇小说了。提不起兴趣记日记。也不想读书。

12月22日　周四
撕掉了第二稿。

12月23日　周五
连第一稿也撕掉了。

12月24日　周六
回家的路上，跟α聊起了写东西时遇到的麻烦。她建议我找些可参考的书，又问我是个怎样的故事。我说是两个女生的故事。结果她皱起了眉头，说这样的故事怕是很难找到参考对象。我也这么觉得。平日借到的书，大多写的是男女之间的事，至多是两个男人之间的，绝少有以两个女生为主角的。就算有，也往往是《绿山墙的安妮》一类的儿童文学。α又说语文科代表喜欢的动画里不乏这一类作品，劝我问问她的建议。可是就算她向我推荐了某部动画，我也没有观看的条件。还是算了吧，总会有办法的。

12月25日　周日
昨天α跟我说学校的合唱队今天会在市里的教堂演出。问我要不要一起去。我当然去不成。看来α是真的喜欢上合唱了。在家尝试写第三稿，未果。找不到合适的文风。

12月26日　周一
午休时去问了姚老师的意见。她建议我参考《威廉·迈斯特的学习时代》里的一个章节，又塞了一本安德烈·纪德的《窄门》给我。

《窄门》我几个月前看过一遍。正是它里面女主角的日记的部分，连同另外几篇日记体小说，让我萌生了写日记的念头。不过我当时并不太喜欢这个故事，嫌它太过"内省"，在没有宗教背景的我看来终显得有些隔膜。这一次重读却注意到了不少此前未曾注意到的细节。结果愈发自惭形秽了。幸好昨天没有写完第三稿，否则今天我也会把它撕了。

12月27日　周二

姚老师又塞给我一本太宰治的《女生徒》。本以为能参考里面的写法，读了却很失望。他笔下的女孩子太普通了，就像 α 一样——甚至像我一样，全然不像故事里的人。

12月28日　周三

通了一宵写好了第三稿。一整天都昏昏沉沉的，上课时睡过去了好几次。晚上回到家又读了一遍，虽然仍不满意，但也只好这样了。我的水平，短时间内估计不可能再提高了。鼓起勇气问问 α 的意见吧！

12月29日　周四

第一节课后把稿子交给了 α。午休时她还给了我，还说了感想。如我所料，都是些赞美的话。听了之后，我却愈发怀疑这文章被我写砸了。她所有夸奖我的话，都套用到一篇写景的散文上面也是恰当的。关于"故事"，α 却不置一词。恐怕她也看穿了，人物也好、情节也好，我都只是用来衔接一段段事先写好的"描写"，就像是串起一颗颗菩提子的细绳，轻轻一扯就断掉了，根本经不起推敲。反正这一切都是凭空捏造的，是向壁虚构的，也是我永远不可能经历的——没人会经历。那样的世界根本就不曾存在过。

12月30日　周五

明天起放三天假,补习班也停课。下午不上课,在学校礼堂办了场联欢会。我一直坐在α旁边,低头看着书。唯独在两个我认识的人表演的时候把头抬了起来。坐在α后面的女生为全校师生演奏了小提琴,四班的一个女生为她弹钢琴伴奏。就算是我这种外行也能听出来,两个人配合得并不默契。姚老师为大家背诵了一大段《哀江南赋》,真是个煞风景的女人啊。

12月31日　周六

总算熬过了一年。希望明年能过得快一些。

1月1日　周日

下午两三点钟的时候,电话响了,是那个老女人接的。她说了句"她不在家"。看来是打给我的。因为家里只有我们两个人,又不是打错了的电话,既然不是打给她的,那便只能是打给我的(简单易懂的三段论)。班上只有α知道我家的电话,应该是她打来的。莫不是要约我出去玩?算了,就当我真的不在家吧。

1月2日　周一

作业是去年的期末考试题。半数左右的题都不会做。下周的期末考试真的没问题吗?

1月3日　周二

久违地抄了α的作业。向她确认了一下,元旦那天的确是她往我家打过电话。说是当时跟语文科代表在我家附近的商业区闲逛,问我要不要过去。我只好骗她说当时自己一个人去了亲戚家。为了掩盖那个老女人的谎言,不得不说了谎。明天是我的生日,不知 α 会不会记得。

1月4日　　周三

收到了来自 α 和语文科代表的生日礼物。α 送了我一本井上靖的《天平之甍》,语文科代表则送了我一个动漫角色的挂件(起初我以为是只河马,结果她说是猫)。挂件是肯定不能带回家的,不如就放在课桌里吧,每天来学校之后挂到笔袋上,放学回家前再摘掉——说得轻巧,每天都如法炮制也真是够麻烦的。

1月5日　　周四

读了 α 送我的《天平之甍》。的确是她会喜欢的书。虽说写的是鉴真东渡的故事,于鉴真本人却着墨不多。让人印象最深的,还是里面写到的一个叫业行的日本僧人。他用了半生精力在大陆抄写佛经,想将正确的经文带回日本,最终却和经卷一起葬身鱼腹了。即便是我这样冷血的人,看了这个故事也觉得很难过。徒劳,然后是虚无,又隐隐地觉得这里面有什么深意。倘若这不是作者的虚构,他的一生也不能说是全无意义的,至少成就了这个故事。

1月6日　　周五

午休时和 α 一起去报刊阅览室自习。语文科代表也在。她见我把她送我的挂件挂在了笔袋上,很开心,把我的笔袋拿过去把玩了很久。语文科代表应该是个懒惰却聪明绝顶的人吧。我见她没有专门的课堂笔记本,所有的重点和老师补充的内容都用工整的字迹写在了课本的空白处。α用纸笔整理要点的时候，语文科代表只是盯着课本看，看几眼就翻一页。后来她男友也来了，她就跟男友一起坐到别处去了。

1月7日　　周六

本学期最后一次补习。今天α没有去图书馆，肯定是在家忙着复习。一想到期末考试之后又是一场灾难，我就忧郁了起来。好在这样的灾难已经历过太多次，早就有了应对它的经验。我已经没有什么能被那个老女人剥夺的东西了，为什么要怕她呢？

1月11日　　周三

明天只上半天课，那个老女人并不知情。周五就是审判日了。

1月12日　　周四

第一天考的语文和数学已经出了成绩。好的一如既往地好，糟糕的也一如既往地糟糕。明天再告诉那个老女人吧，不想让今天这个美好的日子蒙上阴影。下午和α一起去了学校附近的书店，在里面磨到了放学时间才回家。站着看完了一本学校图书室借不到的流行小说，对姚老师选书的眼光肃然起敬。α对哲学类的书也都很有兴趣，临走的时候还买了几本。那种没有故事的书我肯定是读不下去的。即便是历史读物，也不是很吸引我。总听人说现实永远比虚构更精彩——我可不这么认为。

1月13日　　周五

周五，恰逢13号，今天是二流恐怖小说最喜欢渲染的"黑色星期五"。对我来说的确是个不幸的日子。成绩没有想象的那么糟，很多拿不准的题目都蒙对了。可是距离那个老女人对我的要求还差得很远。一场灾难怕是难免的了。昨天已经把日记本转移到了学校。我的房间今天也会被翻个底朝天吧。

1月19日　周四

把日记本和基本存货转移回了家里。午休的时候α跟语文科代表来找我，说距离征文的截稿日只剩下两周了（最后一周又撞上春节假期，怕是要被那个老女人死死盯住）。明天只上半天课，α请我去她家做客，说是要最后核对一遍稿子。没有问题的话她周末就帮我打印好、寄出。

1月20日　周五

结业式之后，我就跟着α去了她家里。她果然家境不错，住在朝阳的房间里，有四五个架子的藏书。桌上有一台合上的笔记本电脑，还连接着一台打印机。房间布置得很简洁，但色调非常清新可爱，看一眼就知道是文学少女的闺房。跟这个房间的气氛格格不入的，就只有书架上的一个动漫角色玩偶了，不用问也知道是语文科代表送她的。

α用手机叫了外卖，等外卖的时候浏览了一遍架上的书。有两本我一直想看却总忘记去图书室借的，她说可以借给我。她还向我介绍了一番哲学类的书籍，抽出一本《尼各马可伦理学》递给了我，说她听外公说这本比较简单。我翻了一下目录，见有不少讨论"友爱"的内容，特别是有一节叫"不平等的友爱"，正准备翻到那一页的时候，外卖送来了。α说有兴趣的话就借回去看吧。在她去楼下取外卖的时候，我把那三本书装进了包里。

吃过午饭，α打开电脑，给我看她录入的我的稿子。起初她坐在我旁边跟我一起核对,后来像是察觉到了我的羞耻心,她很自觉地坐到了床上,看起了小说。我删掉了几句过于油滑的比喻句,生怕它们败坏了气氛。我当时一定是太困了,才写出了那种话。确认过之后,她把文章打印了出来,又让我填写了从语文科代表的杂志上剪下的表格。她说会郑重一点,替我寄个EMS过去。后来我们又闲聊了一会儿,谈到了语文科代表和坐在她后面的女生。α真是个好人,没有说她们的坏话。这样我就放心了,不用担心她跟她们议论我的时候说出什么刻薄的话来。

　　太阳快落下去的时候,我就告别了α,回到了一无是处的家里。吃过晚饭,躲回房间,迫不及待地翻开了那本《尼各马可伦理学》,有点失望。讲得太抽象了,对于实际的交往似乎没有什么帮助。亚里士多德说友情基于三种不同的原因,或是因为可爱的事物,或是因为愉悦,或是因为有利用价值。真是奇怪,我一点也不可爱,像我这么阴沉也很难让人愉快,更绝无利用价值,α为什么会愿意跟我做朋友呢?

1月21日　周六

　　家里的防盗门如果从外面用钥匙上锁,就没法从里面打开。小时候一到假期,那个老女人就会把我锁在家里。上了初中之后,她为我选了更好的去处——补习班。她大约也发现了,我一人独处的时候除了发呆什么也懒得做。她却不知道我在课堂上也是这样。补习班从今天开始,先上到下周四,春节假期之后再继续。

1月22日　周日

　　α打电话过来了,那个老女人正在炒菜,让我接了电话。她说已经把我的稿子寄了出去。跟α约好明天在市图书馆见面。

1月23日　周一

　　市图书馆的开架阅览室冷得要命，我和α披着大衣，瑟缩着靠在一起，站在外国文学的架子前选书。我用她的卡借了一本俄国小说，她借走了摆在旁边的契诃夫的戏剧集。我不喜欢契诃夫的戏剧，总觉得它们很像是语文科代表喜欢的那一类动画，徒有氛围和人物，却什么故事都没讲。当然这些扫兴的话我是不会说给α听的。因为我知道α一定会喜欢的。渐渐能准确判断α的好恶了。她还是受到了语文教育的荼毒，一心想从文学作品里读出什么深意来。所以她也不会喜欢我写的小说才对。虽然我自己也不喜欢，但不喜欢的方面恐怕并不一样。我是讨厌自己只能编造出单薄而机械的故事，没法写出更精彩的"起承转合"。而在她眼里，恐怕我的那篇《哀歌》说到底只是辞藻的堆砌，是一种遣词造句的练习。这样想想，她所谓的"像世界名著"也只是句客套话而已。反正在她眼里"世界名著"都应该是有深意的。

1月24日　周二

　　今天α要跟初中的同学聚会。昨天她说起这件事，并不是特别开心。本以为是有什么不想见到的人，结果却是不喜欢唱卡拉OK这种理由。不能跟她碰面，我就乖乖地去上课了。忽然有点想念姚老师。不知她寒假过得如何，我也不知道该怎么联络她。

1月25日　周三

　　α用手机给我看了姚老师的"朋友圈"。她好像去日本找朋友玩了，发了很多菜品和酒的照片。还有就是雪景，在我们这边很少能见到那么大的雪，把一辆倒在地上的自行车都给埋了起来。α说姚老师去的那个城市是泉镜花的故乡,自己也很想去。我又想起她送我的那本《天平之甍》里驶向日本的船只纷纷葬身碧海的描写。对于那个时代的人来说,日本应该是个遥不可及的国度吧。对于我来说又何尝不是这样呢?

1月26日　周四

将近一半的学生都缺勤了,老师也懒得去管。我也想过翘课,又觉得没什么可去的地方。图书馆从今天开始放假,河边太冷,身无分文地走进商场又未免太自虐。至于回家……即便那个老女人不在我也不想回去。那个阴冷的、没有生意的房间,我已经受够了。就算无心听课,也姑且留在开了暖风的教室里吧。

1月27日　周五

除夕,我准备早点去睡了。

1月28日　周六

放炮的人比去年少了。不对,应该说还住在这个小区里的人本就不多了。如果能搬走就好了。那个老女人也考虑过搬家,还看上过一套房子,在一个不错的小区里,离我的学校也不远,而且已经做好了精装修。但那是套一居室,如果搬过去,我就连自己的房间也要失去了。幸好经济上终究不允许,她后来打消了搬家的念头。

1月29日　周日

象征性地去串了亲戚。谁家的孩子都比我有出息,比我懂事。

2月2日　周四

正愁不知怎么熬过那个老女人在家的这几天,忽然就病倒了。真是走运。前天烧到了三十九度。这几天几乎都是睡过去的。明天开始就又要去上补习班了。

2月3日　周五

身体还没完全恢复过来。可能是吃了感冒药的缘故,下午的课都睡了过去。语文老师布置了十篇周记的作业,够我写一阵子的了。也没什么可记的事情。日记这玩意还真是不写也罢。下周约α出来吧。见到她应该就有记日记的兴致了。

2月7日　周二

今天是学校图书馆开放的日子,我翘课过去了一趟。见到了姚老师,也见到了α。吃了姚老师从日本带回来的点心。太甜了,一点也不好吃。又被姚老师哄骗着借了几本推理小说。α借了几本关于古典乐的书,想来是为了跟坐在她后面的女生搭话。想骑车载α一程,却失败了。后来我先回了趟家,把车停好,又把书藏了起来,回补习班上了最后一节课。

2月8日　周三

昨天跟α约好一起去找语文科代表玩,结果被她领到了一个小型漫展的会场。有不少摊主都认识语文科代表。她男友也摆了个摊位,卖自己制作的CD。他说要送我一张,被我以家里没有播放设备为由拒绝了。我戴上耳机试听了一下,都是他演奏的钢琴曲。应该是根据动漫歌曲改编的吧。α倒是买了一张。

2月9日　　周四

　　读了姚老师推荐的推理小说，只有一本还有点意思。看简介，写的是发生在纽约市的连环凶杀案，以为会是本很血腥的书，没曾想毫无血腥场面（因为作案手法是用绳子把人勒死），作者反而花了大量篇幅来讲述每个死者的故事。可惜的是，被杀的终究是些再普通不过的市民，他们的一生用寥寥几个自然段就能概括了。

2月10日　　周五

　　下周五就是返校日了，要交作业。我这边除了周记，都没怎么动笔。α已经写完了吧。返校前一定要找个机会问她借作业来抄。

2月11日　　周六

　　跟α约好去市图书馆，结果来的却是语文科代表。她说α临时有事又联系不上我，叫她过来知会我一声。她把我领到了旁边的一家咖啡馆，还很大方地替我买了单。我不敢喝咖啡，要了杯热可可。她倒是点了咖啡，只加了奶，没有放糖。这应该是我第一次跟她单独聊天。我们能找到的共同话题，怕是就只有α了。她说α这样的女生如果出现在动画里，一般不是学生会长就是"风纪委员"。我提醒她，α曾拒绝学生会的邀请。她说这毕竟不是动画，在中国谁也不想跟"组织"扯上关系。我倒是觉得语文科代表只注意到了α身上比较坚硬的一面——可能是因为跟她自己大相径庭的缘故吧——而没有注意到α也有柔软的一面。聊着聊着，α本人就出现了。我顺理成章地要α借作业给我抄、作为放我鸽子的赔罪。她答应得很爽快。语文科代表忽然插了一句说自己的作业还没怎么动笔。后来我们约好下周一去语文科代表家里一起抄作业。

2月13日　周一

　　虽然已经做足了心理准备，走进语文科代表的房间时还是吓了一跳。那是个朝南的主间，有我的房间两三倍那么大。靠东墙立着两个书柜和三个衣柜，还有一个透明的玻璃柜。玻璃柜里摆满了动漫角色的玩具，书柜里也摆了一些。她的藏书大多是成套的漫画，或是那种带插图的小说。靠西墙摆有书桌和双人床。书桌上方和床头都贴满了海报，大多是动漫角色的，也有几张是真人（几个并不是很漂亮的女孩子）。床靠墙的一侧堆满了布偶，少说也有三四十个。在这种地方真的能学习吗……话虽如此，她成绩比我好却也是不争的事实。α 显然不是第一次来，一点也不吃惊，还指着玻璃柜里的一个金发少女的玩具问，"这个是不是你新买的"。

　　语文科代表并没有说谎，她的假期作业真的没怎么动笔。不过，就算借不到 α 的作业，她也能问男友借作业抄，所以才这么有恃无恐吧。我只是理科的作业需要抄，她就先把英语作业拿去了。在我们埋头抄作业的时候，α 一直在翻看架上的书。后来语文科代表放起了音乐，都是些很吵闹的日文歌，有些听起来简直像儿歌一样幼稚。

　　抄一道数学证明题时，有个字写得太小、看不太清楚，想向 α 确认一下，结果真的喊出了一声"α"。她显然不知道我在叫她（更不可能知道我在心里一直这么叫她），但还是看了过来。我连忙搪塞说，是题目里有个 α，忍不住念了出来。当时心脏跳得像个失控的节拍器，我的脸上怕是也红得不成样子了。"这有什么忍不住的"，语文科代表在旁边插了一句。α 凑到我身边，看了看自己的作业本，倒是没起疑心，只说了句"那不是 α，是英文字母 a"。

　　作业没抄完，我却不得不回去了。语文科代表只抄完了英语和化学，但她明天和男友有约。我跟 α 约好明天在图书馆见面。

2月14日　周二

逃了下午的课，和α在市图书馆门口碰头，去自习室抄她的作业。我抄作业的时候，她在读一本介绍佛教基本常识的书——从某种程度上说，倒是挺适合今天这个日子的。花了整整三个小时总算抄完了。跟她一起回家的路上，我忍不住说了句"语文科代表今天在跟男友约会吧"。对此α也很好奇，她赶忙取出手机看了一眼语文科代表的"朋友圈"。原来，今天也是语文科代表最喜欢的动漫角色的生日，她特地订了个蛋糕，要跟男友一起为那个角色庆生。还真是理解不了这群人的脑回路。我若是做出这种荒唐事来，估计会被那个老女人赶出家门。

2月15日　周三

假期补习班的最后一天。读了从α那里借来的《春雪》。花了十来个小时才看完它，已经很久没有这么仔细地读一本书了。看完有些自惭形秽。回想起来，我那篇《哀歌》真是写得太差劲了，完全达不到能拿给人看的水平。我没法骗自己说写它只是自娱自乐。因为，若不是α劝我写它，我就不会动笔。也许，当初就不该把它投出去，应该在打印好之后骗α说我自己去投递，然后根本不寄出它——就像初中时写的那些没有收件人的信一样。不对，我到底在害怕什么，连我自己也有些糊涂了。我真的只是怕它被α（以及语文科代表）之外的人看到，还是说是怕被刊载出来、被更多人看到呢？可是，如果真在担忧这件事，也就说明我心里还是抱有侥幸心理，觉得自己有可能杀进复赛。甚至，也许我内心深处很自负地认定自己一定能入围。不敢再想下去了。总是剖析自己，早晚要疯掉的。

2月17日　周五

返校日。我能交齐作业，都要感谢α。可惜我手上没什么钱，没法买点什么感谢她。不知不觉已经欠了她太多人情。

2月18日　周六

看了一遍昨天领到的语文课本，选进了海伦·凯勒的《假如给我三天光明》，还有一篇是《安妮日记》的选段。我很怀疑她们的文章和事迹是否真有什么"教育意义"。恐怕，读了这样的东西，非但不能使人受到鼓舞，恰恰相反，只会让我们向往她们的不幸而已。

2月20日　周一

开学第一天，午休时久违地和α一起去图书室。她问我后来有没有再写些什么。可惜并没有。我反过来问她为什么不写篇小说试试。她说不会编故事——明明我也没什么可写的故事，只是因为她劝我写，我才勉强拼凑了一个。到了图书室，见姚老师在向学生推荐推理小说，似乎已经有几个高年级的学生被她培养成了推理迷。我就算了。她喜欢的那种推理小说，充满了技术细节，故事却寡淡得很，要么就都是些套路化的东西。又听那几个高年级的学生说想在学校里办个读推理小说的社团，准备让姚老师来做指导老师。所谓学生社团，又不像动画里演的那样，本就是既无经费又无固定活动时间的、有名无实的东西，真的需要专门找个指导老师吗？

2月21日　周二

今天去图书室时又撞见了那群人。创建社团的事情好像已经敲定了。姚老师问我要不要加入。我尽可能委婉地回绝了。读书这种事，一个人就能做，毋宁说一个人读书才更有效率——真的需要为了读书而抱团吗？

2月22日　周三

午休时语文科代表问我愿不愿意再给校刊写一次稿子。正巧周记本发了下来，都堆在她桌上，便让她挑了一篇假期写的小散文，仍由她代劳敲到电脑里。顺便翻了一下 α 的周记本，果然又多了好几篇读后感，其中有一篇谈的还是语文科代表借给她的漫画。我和语文科代表一起把周记本搬到讲台上，叫同学们过来领。一瞬间真仿佛觉得我们是朋友。不过几分钟之后她就被男友叫走了。

2月23日　周四

α 真的很让人安心，既不会说谁的坏话，也不会与谁有冲突。和她在一起就不必担心受到伤害。可是渐渐地，我已经能看透她的行动模式了，和她聊天也总能预知她的反应。一本书，如果我们都读过，我也能把她的读后感猜个八九不离十。常见人说能写好小说的人，必须善于观察他人，莫非我也有这方面的天分？恐怕也不是。虽然也接触了这么久，语文科代表的想法和行动我就根本无法预测。她就像一列随时可能脱轨的火车一样。也许只是 α 太好懂了。我想，任是谁都会觉得语文科代表远比 α 更有趣。可是，和她做朋友并非没有风险，说不定哪天就会受到伤害吧（时常听她说班上其他女生的坏话，不知背地里又是怎么议论我的）。那么我呢，对于她们来说又是不是"安全"的呢？虽然我深知自己如何阴暗不堪，至少在 α 面前，姑且装得乖巧一些吧。

2月24日　周五

听语文科代表说征文的初审结果快要公布了，会登在新的一期杂志上。午休时和她还有α一起去了趟附近的书报亭，还没有进货。我没抱任何期待，反倒是她们两个看起来比我更迫切地想知道结果。

2月25日　周六

补习班附近的书报亭进了那本杂志，翻开简单确认了一下，入围名单上果然没有我的名字。没钱买，把杂志放了回去。α和语文科代表应该也看到了吧。如果我有手机的话，说不定已经收到了她们的联络。就先这样吧，周一去学校时先装作什么都不知道，等着她们一脸遗憾地跑来告诉我这个结果。

2月27日　周一

果然一大早语文科代表就拿着那本杂志过来找我了，α也说了几句鼓励我的话。本就没期待能入围，自然也不觉得沮丧。可是，利用上课时间读了几篇刊登出来的"优秀入围作品"之后，又不免难过了起来。我并不觉得那些文章比我写得差，也不想承认她们写得更好，因为根本就不是一个类型。我从一开始就弄错了方向。原来如此。原来评委期待看到的是这样的来稿。附在一篇文章末尾的评语里出现了这样的字眼——"真实的青春"。看到这行字我简直要吐了。我忽然明白了，这是一场我注定会输掉的比赛，却不是输在文字上面，而是输给了"她们的人生"。那篇文章里提到的事情，独自旅行、交男友、去看演唱会，哪怕是深夜给朋友打电话哭诉，都是我绝不可能在这个年纪体验到的。如果评委们认定这就是"青春"，我就绝无可能比这些亲历过的同龄人写得更"真实"。我那些向壁虚构的情节，飘忽不定的背景，故作优雅的行文，都从一开始就找错了方向。最近真是什么都不想写了。周记就交几段摘抄应付过去吧。日记似乎也不必记了，反正说到底也没有什么可记的事情。就这样吧。

3月30日　　周四

有一个多月没再记日记了。回想起来，这一个月里也没什么值得记上一笔的事情。我后来也想通了。会花钱买那本杂志的，肯定不是我这种人。杂志的编辑与读者之间自然有着他们的默契与常识，我的生活也好，文章也好，都不可能引起他们的共鸣，因而注定会是这个结果。我的读者有α一个人就够了。今天她又问我有没有什么新的构思，再写些什么拿给她看吧……话虽如此，我却一点思路也没有。

3月31日　　周五

昨天α问起了借给我的那三本书。我把那本《尼各马可伦理学》带到了学校，却忘记拿给她了。到头来只看了有关"友爱"的部分。说不定是亚里士多德显灵了，让我又把书背回了家里，想以这种方式强迫我读完……算了，就算他托梦给我，我也不想再看下去了。

4月1日　　周六

我没法原谅那个老女人——有这种念头已经不是一次两次了——但这次真的绝对无法原谅！太过分了！她撕了我的作业，撕了我的周记本，还动手打了我，这些都无所谓了。唯独撕了α的书这件事，我绝不能原谅她。

是我太不小心了，但她未免做得太绝。我去补习班时只拿了一个布袋子，那个老女人就趁我不在翻了我的书包。如果我背着书包去补习班，或是昨晚把那本书取出来藏好，就不会发生这种事了。真是追悔莫及！从补习班回到家，一进门就被那个老女人拽回房间。书包连同里面的东西，还有原本摆在课桌上的活页夹全都散落在地。只有那本《尼各马可伦理学》封面朝上，摆在桌上。她逼问我这是哪里来的书。我说是同学借我的。她不信，坚称肯定是我从哪里淘来的旧书。藏在衣柜里的存货确实都是旧书。之前偷看的时候也被她抓到过，也难怪她会这么以为。我本想骗她说这是政治老师要求我们看的，话还没说出口，她就抄起那本书拍在了我的后脑上，一连拍了三下。下手一如既往地重。要是我能当场吐出一口血来，说不定就能保住那本书了。可惜没有。我太不中用了，只被拍打了三下就哭了起来，一哭就什么话也说不出来了，没能再解释几句。后来那本书就被她撕成了碎片。

那可是α的外公的遗物啊，我该怎么向她交代呢？她会原谅我吗？本以为自己已经摸清了α的心思，可是真遇上这种事，却还是不安得无以复加。

4月3日　　周一

没能鼓起勇气告诉α。午休时她来找我，问要不要一起去图书室，我推托说借来的书还没看完，就不过去了。如果当时她随口问了一句从她那里借来的书看完了吗，我又该如何应对呢？想想真是后怕。好在她没提起这档事。我也明白这样拖下去根本不是办法。这个时候只能相信α会原谅我了。

4月4日　　周二

至少再买本新的还给α吧。虽说被撕掉的那本是她外公的遗物，但我总不能空着手去向她解释吧，至少要表现出诚意来。可是买书的钱又要从哪里来呢？那个老女人还没完全消气骗她说自行车坏了也会被立刻拆穿吧……

4月5日　　周三

放学时去顺路的一家旧书店变卖了所有存货。几乎都是从那里买来的书，又加上了后来顺到的几册除籍本。店主开价很低，十元钱买来的书，他只出一元来买。但我已经别无选择了。到最后只卖了十九元钱。还有一本α送我的《天平之甍》，几乎是新品，对方愿意出五元钱来买，但我实在舍不得它，就背回了家。把存货都卖掉之后我才发现自己犯了个致命的错误——我根本不知道一本全新的《尼各马可伦理学》的定价。我买的那些旧书，原价大多只要两三元钱，可是寒假和α去书店看到的新书，却很少有三十元以下的。说不定就算卖掉这本《天平之甍》也凑不出所需的金额。也只能听天由命了，希望那本书碰巧多年没再版，又碰巧还能买到，所以仍是几年前的价格。否则就只能另想办法了。

4月6日　　周四

午休时去了之前跟α一起去过的书店，找了很久才在角落里发现了放那套丛书的架子，也找到了那本书——直到这时一切都还算顺利。可是，我从架上抽出那册书，看了一眼定价，一切都变了，我的种种侥幸心理全都落空了——三十二元！即便变卖掉那本《天平之甍》也于事无补。我到底该怎么办……要去问语文科代表借钱吗？她肯定轻易就能拿出几十块钱（回想起来，上次她请我喝的那杯饮料的价钱就够买一本书了）。可是我要怎么和她解释呢？告诉她我家长从不给我零用钱，还撕了α借给我的书？这我怎么讲得出口。向α坦白也就罢了。去过语文科代表的房间之后，不难想象她家长有多么宠溺她，而我却不得不向她诉说自家那些不堪的事情，来博取她的同情？这叫我如何讲得出口？真是受够了……

回过神时，我已经站在了店门外，手里抱着那本还没付钱的《尼各马可伦理学》。我本以为会有店员追出来，就站在原地等了一会儿，却没等到。谁也没有从书店里走出来。现在放回去还来得及——虽然心里这么想着，两脚却擅自迈开步子朝学校走去了。回到班里，午休已经快结束了。我坐下，往椅背上一靠，才发现后背已经被汗水浸透了。整个下午，大脑都是一片空白，直到骑车回家时才后怕了起来——如果那家书店里装了摄像头，我的罪行迟早会暴露的。可是，和求得 α 的原谅相比，这恐惧又显得微不足道了起来。

4月7日　　周五

这不是真的！α 怎么会是这样的人？是我之前看错了她，还是说那不过是她一时脑热说出来的话？可是，即便是气话，即便错都在我，她也不该那样对待我才对。至少我熟悉的 α 不会说出那种话来……但我熟悉的那个 α 真的存在吗？

午休时把那三本书还给她的时候，她还是我熟悉的 α。紧接着，她察觉到了《尼各马可伦理学》的异样，我连忙讲了事情的原委给她听，还一个劲地道歉。当时我心里是真的很愧疚。她沉默了一会儿，把书都放回课桌里，又把我领出教室。她一路上什么都没说，我喊她的名字她也没有把头扭向我这边。我知道她是在生我的气，多少有了些被责备的心理准备。但怎么也想不到事情会发展到这般地步……

她把我带到了后院。她没有当场发火，一定是不想让班上的人看到。我还像在教室里一样请求着她的谅解，以为很快就能听到那句

"没关系"了。在我的印象里，向别人道歉之后，不管对方是否真的原谅了你，总会习惯性地说上这么一句。唯一的例外是那个老女人，她只会让我赶快闭嘴，然后一巴掌扇过来。然而，α今天是这么对我说的：

"你打算怎么赔偿我？那可是我最喜欢的外公的遗物，买本新的就想打发我了吗？"

我当时只觉得是真惹她生气了，并未觉得这才是她的本来面目。我恳求她原谅我，说愿意做任何事补偿她。而她给出的补偿方案却是超出了我力所能及的范围——用钱。

她说她外公生前是大学教授，那些批注可不是随手写上去的，都凝聚着他毕生所学。还说之前有出版社劝她父母把这些批注都整理出来，这里面的损失可不是买本新书就能一笔勾销的。说了一大通，结论是让我"先拿"一千块钱给她。我说拿不出这么多钱。她忽然岔开了话题，问我买这本新书的钱是从哪里来的。

"我早就发现了，你家长根本不给你零用钱，所以你周六才一次都不肯跟我一起吃饭，去书店的时候你也什么都没买。一直光顾能免费借书的图书室也是这个缘故吧？那么买这本新书的钱是从哪里来的呢？你该不会偷偷拿了家里的钱吧？"

我没法告诉她那是从书店里偷来的书，就什么也没说。

"既然能偷钱买一本书，那偷个五百、一千来块钱应该也难不倒你吧？我不会一次性要那么多的。"

听到这里我应该已经哭了起来。不惜一死也要换得α的原谅——原本连这样的觉悟都做好了，未承想她根本就没把那本书当回事——更没把我当一回事。我从不是她的朋友。我无法想象她是以怎样的心态在与我相处，更不敢去揣测。

"你偷偷参加征文的事情，你家长还不知道吧？我知道你家的座机号码，要不要打个电话知会他们一声呢？我那里还留有证据呢。你的手稿和报名表都还在我家。你这是什么表情啊，至于这么吃惊吗？报名表当然还在。那种烂文章，我怎么好意思帮你寄出去呢？这叫替你藏拙，你还不赶快感谢我？"

原来她早就背叛了我，只是我一直蒙在鼓里，把她当成独一无二的α。

"你上课看闲书这件事，我也没跟班主任说过呢。她如果看到了你的借阅记录一定会吓一跳的。然后你家长也会知道了吧？我相信你家长一定会理解你的，他们那么疼爱你，绝不会因为这种事情责备你的……等一下，这么说来，他们为什么要撕了我那本书呢？"说到这里她笑了。"林远江，你是我最好的朋友，为了得到朋友的原谅，稍微付出一点辛苦，冒一点险，又算得了什么呢？下周一应该能先凑出五百块钱吧？我有一套特别想买的书，再不下手可能就要被别人买走了。"她拍了拍我的肩膀，"别哭了，你一哭我也想哭。我又想起我外公了。外公活着的时候最疼我了……"

她模仿着我哭泣的样子，却止不住笑意。

"叶荻……"我不想再哭下去了，却止不住泪水，那就至少先打破沉默吧。"你这么做很开心吗？"

"当然，"她的语调里没有丝毫的迟疑，"能结束跟你的友情游戏真是再开心不过了。我已经受够你了。我从一开始就没拿你当朋友，只是觉得你孤零零一个人怪可怜的，才跟你搭话的。我也以为只要多相处就会发现你身上隐藏什么优点，也能慢慢喜欢上你。但是很遗憾。越跟你接触，我就越讨厌你。本想再撑一段时间的，没曾想你竟然毁了我外公的遗物。我已经不想再忍受下去了。我再宽限你几天好了，看你也挺不容易的。下周五之前必须把钱凑出来，否则我就要采取行动了。"

  说完，她就往教学楼走去了。我见她的背影消失在门洞里，那根紧绷着的弦终于断掉了，一下子跌坐在地上。我哭号着，用拳头反复捶击地面，后来用光了力气，嗓子也哑了，又默默地哭了一会儿，直到预备铃响了才站了起来，拍了拍身上的土，去水房洗了把脸。回到教室之后，我往 α 那边瞥了一眼，只见她若无其事地在跟坐她后面的女生聊天。我仿佛觉得刚刚发生的一切都是场噩梦，可是那破了皮的掌根和不停往外流的鼻水，却告诉我那一切都是真的。

  不，或许我的人生从一开始就是场噩梦，是时候该醒过来了。

第三章　为他人能获得幸福而祈祷

1

这是怎么回事？

读完四月七日的日记，全身的力气都被抽空了。本打算翻回前一页重新读一遍——毕竟写在最后一天的一切都与我的记忆相龃龉，不，毋宁说是全然不与事实相符——我却一时间连翻页这个简单的动作都做不到。

四月七日，周五，也就是六天之前……

我努力回想着那天发生过什么。虽说只是上周的事，印象却很模糊，只记得午休时去找过远江，她说不想去图书室，我就一个人去自习了。放学后正准备回家，她叫住了我，问我周六能不能碰个头，她想把寒假时从我这里借去的书还给我。我答应了。那天只和她说过这么几句话。反倒是周六下午，她把书还给我之后，我们在雨里聊了一路。当时在远江身上还看不出任何试图轻生的迹象。

可是，在我面前摊开着的这个日记本上，白纸黑字地写着我勒索她的事情……

她在周六才把书还给我，这里写的却是周五中午。

唯一与事实相符的，就只有那本《尼各马可伦理学》真的变成了新的……

  但除了最后一天的日记之外，前面的种种记录又都与我的记忆吻合。虽说能回想起来的事情少之又少，却没有一件与日记所写的相冲突，以致我读的时候，一再忍不住苦笑出来，乃至为那不甚久远的记忆而落泪。

  之前在市图书馆碰到她的时候，我正好把有关合唱的书还了回去，被她喊了一声名字，心里一惊，险些叫出声来。我当时并不希望班上的人知道我借了这方面的书，我会对合唱比赛这么热心，连自己都觉得有些奇怪。所以才特地去市图书馆借，就是看中那里很少有同学光顾。不过，回过头发现是远江的时候，多少还是松了口气，至少她不会向谁议论我——结果还是在日记里议论了。

  看到她借走那本《尼各马可伦理学》只是想看里面关于友情的部分时，停下来哭了几分钟。而向我借作业抄这件事，对于我而言不过是个微不足道的小插曲，在她看来却有那么重大的意义，这也完全出乎我的意料。

  征文的事情曾对她造成那么大的打击，也是我未曾觉察到的。回想起来，那段时间我还总在劝她写篇新作，那一定是她最不愿听人提起的话题吧。

  读到临近结尾的部分，愤怒一度占据了我的心——"是她母亲逼死了远江"，这个声音一再回荡在我耳边。

  可是，读完全文，我的种种悲伤、怀念和愤怒都被一扫而空了，只剩下惊愕与茫然。

  我该怎么向远江的母亲解释呢？

  "我没有勒索过远江，是你自己逼死了她"——就算我这么说，她也不可能接受吧？

只能先逃走了……

事后再慢慢澄清这个误会吧，至少等大家都冷静下来。

如果被她母亲逼问，现在的我是根本无法回答的。我尝试去思考，但是头脑根本无法运转，空白的脑海里一个字也浮现不出来。而且，我隐隐感到了危险。谁也无法预测一个情绪失控的母亲会做出什么事情来。

我试图起身，却被剧烈的眩晕感击倒了，重新坐回到椅子上，深吸了几口气，也没能缓过来。这一次，我用两手撑着桌子，总算站了起来，踉跄着走到了门口。

一手撑着门框，我拉动门把手，门却只是稍稍晃动了几下，伴随着细小的磕碰声。一种不祥的预感像呕吐物一样涌到了我的嗓子眼。我观察着那扇门，这一面只有个新月形的门把手，既没有插销也没有锁孔。

原来如此，远江没有办法把她母亲挡在门外，她母亲却随时都可以把她锁在里面。

就像现在锁住我一样。

我喊了几声"阿姨，你误会了，先把门打开"一类的话，但没有任何回音，看来她还没有回来。也不知道还会不会回来……

然后，我近乎无意识地把脸凑到门缝处，想试试能不能看到是哪里被锁住了。就在这时，忽然嗅到了一股食物腐烂的臭味正从门外渗进来。

——是煤气。

我总算明白了，她母亲已经打定主意了，要置我于死地。

危险和恐惧让我一瞬间清醒了许多，虽然眩晕感仍挥之不去，眼前的那扇门都开始扭曲了。

我赶忙奔向窗边，打开窗子，将头探到外面，大口呼吸着未被污染的空气。可是，那种恶心的感觉仍盘踞在胸口。这次可能不是身体的原因，而是因为我顺势往下看了一眼，然后想起来了，远江就是从这扇窗子跳下去的。

这就是她母亲的目的吧。想让我也在绝望之中从她女儿自杀的地方跳下去……

这个高度应该没有生还的希望，就算碰巧落到停在楼下的汽车上，怕是也难逃一死。如果我就这样跳下去，她回来之后，只消关上煤气，再打开门，就会变成是我读了日记之后畏罪自杀了。

曾读到过不少以死明志的古代故事，就连不入流的青春小说里也不乏用自杀来证明自身清白的桥段。然而，摆在我面前的现实却是，我若是死在这里，不仅不能清洗污名，反而适足以证明是我害死了远江。

不管是谁，都会把我从相同的位置跳楼视作是一种报应。

我再次回到门边，两手握住门把手，一次次拼尽全力拽动那扇门。

起初还屏着呼吸，到后来也顾不得那么多了。手指、手腕、肘部和肩膀都痛得像是要断掉一般，用来固定门把手的螺丝也有些松动了。我盯着那四颗螺丝，很担心门把手会先被我弄断，可是我已经别无办法了，只好把眼睛也闭上了。

最后，我终于忍不住大声喊了出来。

可能是我喊得太响了，外侧的插销应声断掉时我都没有发觉，直到一屁股跌坐在地上才发现门已经开了。

我赶忙跑出房间，憋了一口气，冲进就在左手边的厨房，关上了灶台上的两个煤气阀门。回到远江的房间抄起书包之后，忽然想起远江曾在日记里提到，她家的防盗门如果从外面上锁，要从里面打开就必须用到钥匙……

冲刺到防盗门边,试着按下或转动上面的每一个按钮,还是没能打开那扇门。

结果,我只能在这里等远江的母亲回来了吗?为了向我"复仇",她不惜打开煤气阀门,回来之后也绝不会轻易放过我吧?

如果能在屋里找到防盗门钥匙……

远江的房间里怕是没有,我直接跑进了主屋。虽说是主屋,也并没有比远江的房间大上多少,而且陈设更煞风景。有一张双人床,半张床都被冬天用的厚被子占了去。床头有个小柜子,上面放着座机电话。南墙上开了个通往阳台的小门,挨着墙摆着一张饭桌和两把椅子。一个白色的大衣柜立在西侧,旁边是一台小得可怜的电视,放在一个黑色的电视柜上。

我翻遍了衣柜、床头柜和电视柜的每一个抽屉,都没能找到任何类似钥匙的东西。

绝望之余,我又去远江的房间碰了碰运气,倒是在书桌的抽屉里找到了两把串在一起的钥匙,但一看便知道它们只能打开挂在她自行车上的两把锁。即便如此,我还是拿它们去门边试了一下,如我所料,根本插不进去。

是不是只能报警了……

回到主屋,拿起摆在床头柜上的电话的听筒,我忽然一眼瞥到了那扇通往阳台的门。

站在阳台上,我又朝下看了一眼,这次倒没有什么生理上的不适,可能是因为阳光充足,甚至有些刺眼的缘故,但更重要的是,远江毕竟不是从这里跳下去的。

楼下是片草坪。

在我的右侧就是邻居家的阳台，和远江家的只隔了不到三十厘米的距离。两家的阳台上都没有安装防盗护栏，或许邻里关系还不错。

隔着电话向警方解释，也未必就能让他们相信。眼前的状况，就连置身其中的我自己都觉得太过离奇了，简直像场噩梦，警方真的会相信我的话、过来开锁吗？与其这样，倒不如直接向远江家的邻居说明情况，更何况这个时间邻居家很可能没有人……

我决定从阳台爬到隔壁的人家去。虽然也有掉下去的风险，但事到如今这是摆在我面前唯一的出路了。

书包很碍事，我先把它扔到了隔壁家的阳台上。

然后拿了一把放在餐桌边的椅子过来，踩着它、手扶着晾衣绳，站到了围住阳台的矮墙上。深吸了一口气之后，我松开手，一脚迈到了隔着二三十厘米远的另一面矮墙上。我没敢往下看，只是猛地蹬了一下左脚，整个人都向前一扑，直接摔在了邻居家的阳台上。

阳台上积了厚厚的一层灰，我一落地便纷纷飞起，恐怕有不少都落在了我身上。有一阵剧痛从最先着地的右肘处传来。我用左手撑起身体，坐了起来，又抬起右臂——还能活动，虽然痛得要死，但应该只是摔破了皮。起身，捡起书包，又掸了掸身上的土，顺势隔着玻璃朝房间里看了一眼，只见屋子空荡荡的，一件家具都没有，看来现在并没有人住。

这样也好，连解释的功夫都能省去了。

在我心里那根紧绷着的弦总算松开了。我抬起头，看了一眼挂在正南方的太阳，巨大的无力感再次吞没了我。

这一切还是远远没结束，不如说才刚刚开始。误会还根本没有澄清，究竟该如何澄清，我也丝毫没有头绪。远江为什么要留下这样一个弥天大谎，我也全然无法理解……

这几日险些把我压垮的那个念头，如今已经变得像整个世界一般沉重——我真的一点也不了解远江。读了日记，以为能稍稍走进她的内心世界了，也自以为已经知道了她对我的看法。到头来却根本不是那么一回事。

也许她一直恨着我。也许我一直在伤害她却不自知。

可是，如果真的是那样，我真的被她憎恨着，日记里的其他地方也应该有所流露才对……

算了，事到如今，就算能弄清远江的想法，怕是也不能还我清白了。她对我的构陷（这应该称得上是构陷了吧），并没有任何证据，但在远江的母亲看来，她的死就是不动如山的铁证了。

或许能找到谁来证明我上周五中午并没有跟远江在一起。我当时的确没跟她在一起，而是在报刊阅览室自习。可是，在那里自习并不需要登记，那天也没碰上什么班里的同学，真的有人能证明我的清白吗？而在周六，我和远江还见了一面，仍像往常一样谈笑，这也能说明我们周五并未有过冲突，但是谁又会记得两个女生曾共撑一把伞走在雨里呢？

而且，就算真找到了什么"证人"，远江的母亲会相信我吗？当天平的一端放的是女儿的死，就算我在另一端放上陌生人的几句"证词"，又能改变什么呢？

回想起来，从小到大每次遭受什么委屈，我都只知道哭，从没成功地为自己辩解过。这次大概也不例外。

我离开了阳台，那里对此时此刻的我来说太过危险了，也太耀眼。穿过空屋和阴暗的走廊，我来到这户人家的门前。幸好，门上安的是最传统的撞锁，从里面就能打开。

下楼梯的时候，虽然很不情愿，我还是一手扶住了满是污垢和小广告的扶手。我的膝盖在颤抖——全身都在颤抖。我只是把自己的身体委托给了重力和惯性,把脚滑到台阶边缘,然后指望着它能平稳地落在下一级台阶上。有时能做到,有时却打了滑,但这也无妨,不过是让我一次多下了一两级台阶而已。脚踝碰到台阶边缘时的疼痛,已经无所谓了。

我只想赶快离开这个充满霉味的楼道。我更不想在这里撞上远江的母亲。

终于,只剩下从一层到单元门口的五级台阶了。

"叶荻同学……"

一个低沉的女声在我耳边响过,然后我的心跳声遮住了来自外界的所有声响。

直到跑出单元门,我才鼓起勇气回过头去看了一眼。有个人影站在通往地下室的门前。在昏暗的光线里,只能辨认出大致的轮廓。

但毫无疑问,站在那里的是远江的母亲。

她并没有朝我走过来,一直都站在阴影里。如果没有刚刚那番经历,我或许会向她解释些什么。但我现在只想赶快逃走——趁着还没有摔倒或是瘫坐在地,能跑多远就跑多远。

可是,我一时间却无法把视线从她身上移开,只是往后退了几步。

看样子,远江的母亲并不打算追过来。她仍站在阴影里,低声说着些什么。我只断断续续地听到了几个词——

"放过你……这双手……"

我又往后退了一步。那低沉得仿佛不带任何感情的声音仍不断从阴影里传来。

"我女儿……"

2

那天回家之后我就发起了烧，周五也没有去上学。妈妈只觉得我是悲伤过度病倒了。我也没有把在远江家的遭遇告诉妈妈。远江的母亲没有选择向学校揭发我或是向我父母索要赔偿这一类更像"大人"的处理方式，看来是真的想置我于死地。

在床上辗转的这几天，时时会想起她站在阴影里向我发出的警告。虽然只听清了几个词，倒也不难想象她要说的话。真是讽刺，如今，这个逼死了亲生女儿的罪魁祸首，正把我当作"复仇"的对象，而向我"复仇"也俨然成了她活在世上仅存的目标。

思来想去，我只能和荐瑶商量这件事。远江在日记里陷害我这件事已经够荒谬了，说给旁人听，怕是谁也不会相信。即便有谁接受了这件事，又难免像远江的母亲一样，以为真的是我逼死了远江。既有可能相信日记这出闹剧，同时又信任着我的人，怕是只有荐瑶了。

可是，真到了学校，远远看到坐在座位上的荐瑶时，我又迟疑了起来。结果，我还是无法确信她能无条件地相信我告诉她的一切。

这么荒诞的故事，若不是真的发生在自己身上，任是谁都不会相信吧。

午休时间，我一如既往地和松荑一起吃着饭，却因为揣着太多心事而没什么胃口，也一句话都不想说。松荑虽然什么都不知道，却也默契地配合着我的沉默。午休时放动画的惯例还没有恢复，但大家都已经像往常一样说笑了起来。

远江用过的那套如墓碑一般的桌椅，也不知被搬去了哪里。远江坐过的位置，如今只剩下一块被认真擦拭过的地板砖，干净得有些不自然。

就在我准备打消找荞瑶商量的念头时,她忽然来到了我这边,叫我吃好饭去天台找她。她手里握着最新款的手机,护壳和挂链都是我不认识的动漫角色。荞瑶没有提到找我的理由,但她看起来也心事重重地,表情的阴沉程度怕是不亚于抬头看着她的我。

我本想说已经吃完了、和她一起过去,她却没等我开口就快步走出了教室。

莫非远江的母亲跟她说了什么……

我没让她等超过五分钟的时间。

今天也是个大晴天,刺眼的阳光对于每个心情烦懑、焦躁的人来说都像是一种讽刺。的确,天空不可能为一个人的死而一直阴沉下去。我既然害怕见到这明媚的春日,就应该一直躲在拉着窗帘的教室里才对……

荞瑶站在栏杆边,面朝着操场。我一走近,她回过头来,把自己的手机塞给了我。

"你看一下这个。"

我接过手机,见是个微博页面。我不用社交网站,荞瑶倒是在好几个平台上都很出名。

她让我看的是北京一家媒体的账号今天早上发布的一条长微博,已经被转发了上千次。我看了一眼标题,是行加了引号的字——

"我女儿遭到同学勒索,跳楼自杀了"。

我没有点开看内容的勇气,就抬起头来看荞瑶一眼了。只见她低头看着地面。

"日期也好,城市也好,还有死者的年纪,都跟远江的事情吻合……这到底是怎么回事?"

"远江在日记里陷害了我。"我说。这句话已经在我脑海里演练过无数遍，所以说起来一点磕绊都没有。我本打算找荐瑶商量时就用这句话开头。

"这样啊。"她从我手里接过手机，看了一眼屏幕，又补了一句，"你没点开看啊。"

"葬礼之后我跟她母亲去了她家，看了她的日记。"我想尽量说得平静一些，声音却像是为了响应剧烈的心跳而颤抖了起来。"她母亲险些杀了我……"

"远江为什么要撒这样的谎呢？"

"我不知道。但我真的什么都没做。"

"我相信你。因为我了解你。你不可能对她做出那种事。"说到这里她明显地迟疑了起来。"但是我也了解远江——至少自以为了解她。她也不是会陷害朋友的那种人啊！"

"我也以为自己很了解她。就在一两周之前还以为自己是全世界最了解她的人。但远江一死，事情全变了。我根本不了解她。她为什么要自杀，为什么要说谎……我一点也不明白。说到底我根本就不了解她。"

"这篇报道会登在今天的报纸上，在微博上也一直有人转发。很快学校里的人就会看到了。"

之前我也想过她母亲会不会把事情闹大，只是没想到会这么快。

"里面写了我的名字吗？"

"用了化名。但是远江只有我们两个朋友啊，会借书给她的就只可能是你了。只要班上的同学看了报道，都会认定是你做的。"

"到时候我会向他们解释清楚的。放心好了，荐瑶，这件事不会连累到你的。"

"我只是在担心你。我相信你是清白的。但是那些既不了解你也不了解远江的同学会相信谁呢？远江她……都用一死来证明了。他们肯定会相信她的。"

"你愿意相信我就好了。"

"但是我什么也帮不了你……"

"不用帮我。我甚至不属于你们那个小圈子。我跟你只是碰巧坐一趟公交车上下学。"

"叶荻，"我从未听她叫过我的全名，这还是第一次。"你为什么这么冷静呢？你这么冷静，大家都会误会你的，会以为你真的做了那些过分的事情，而且一点悔改的意思都没有……"

"你也开始怀疑我了？"我苦笑着问她。

"我没有……我只是……"她盯着自己的脚尖说道。真是个不擅长对朋友说谎的人。不过这样也好，如果每个人都有说谎的天分，都能随随便便就编造出一个个逼真的谎言，即便那些谎言不是用来伤害谁的，也足以让我失去活下去的勇气了。

我直到这个时候才发现，至今为止我撒过的谎也好，别人对我撒过的谎也好，大抵都是带着善意的，至多也不过是为了保护自己不受伤害。是啊，翻开日记本的最后几页之前，我都未曾如此真切地感到过来自他人的恶意。所以得知她母亲向媒体公开了那件事，我也能在荠瑶面前表现得这么冷静。毕竟，和初次体会恶意的冲击相比，后来的种种遭遇，哪怕会让我陷入失去生命和名誉的险境，也显得微不足道了起来。

那天之所以会发烧，也是因为恶意而非危险吧。恐怕，我再也不可能像以往那样无条件地信赖他人了。我很难将这改变视为一种"成长"，反而更觉得像是被某种东西玷污了。

就这样，我从远江那里学到了猜疑，从她母亲那里学到了恐惧，而这一切都是我根本不想领教的东西。

如果能在发生这一切之前死掉就好了。现在已经来不及了。

"这只是我的建议,"荐瑶说,"小荻,你最近还是不要来学校为好。先等风头过去……老师和家长一定会理解你的。"

"那样才更会被怀疑吧?如果我不来学校,大家都会认定是我害死了远江,不是吗?"

"我怕会有人伤害你……"

"远江的母亲差点杀我了,这不是玩笑,也不是比喻的说法。她把我锁在远江的房间里,还开了煤气,我从阳台爬到隔壁的人家才逃了出来——是不是听起来很像我编的故事?都是真的。远比她在日记里写的那些事情更真实……"说到这里,我卷起上衣袖子,向她展示了结着痂的右臂。她只看了一眼就迅速移开了视线。"这是爬阳台的时候摔的。这种事都经历过了,我怎么可能怕几个班上的同学呢?没关系的,荐瑶,我不会让你为难的。如果有人来找我麻烦,不要管我。反正,我们只是碰巧乘一路公交车上下学罢了,甚至连朋友都算不上。"

说完,我就转过身,朝天台门口走去了。

她没有拽住我,也没有跟上来,更没有开口叫我的名字。

只是依稀能听到有啜泣声从我身后传来。

放学之后我去了一趟图书室。并没有打算和姚老师商量,却又不知为什么,很在意她是否已经听到了什么风声。我在教室里等了一会儿,估摸着图书室那边已经没什么人了才过去。

她正好刚把几册精装书递给最后一位借阅者。见我进门,她抬起柜台一侧的木板。"有什么事情进来坐下慢慢聊吧,今天应该不会有人来了。"

我摇了摇头。如果现在跟她过去，我肯定会把憋在心里的所有事情都告诉姚老师的……

"您会相信我说的话吗？"

"我如果说会相信那就是在骗你。"姚老师笑着说，"我跟你又不熟，怎么可能无条件地相信你呢？"

"如果是林远江的话呢？"

"我跟她也没那么熟啊。怎么，发现她的遗书了吗？"

"没有。但是她留下了日记。"

"这样啊。你已经看过了？"

我点了点头。最后一次把头低了下去就没再抬起来。

"我大概能想象是怎么回事了。"她把腰部抵在柜台的边缘处，说道，"你们是好朋友吧？是不是偶尔也会吵架呢？她肯定写了不少你的坏话吧。别太在意，日记就是这种东西，什么冲动的话都会写进去的。大学的时候，我跟一个朋友经常吵嘴，我也在日记里写了很多对她的牢骚话，甚至咒骂过她。她如果也记日记，应该也写了不少跟我有关的气话。真的不必太在意。"

看来姚老师还毫不知情。但我至少确认了一件事——她不会轻信别人，即便她看到了那条报道，也不会无条件地相信远江对我的陷害。这样就可以了。就算那件事情闹到世人皆知，在学校里至少有一个不拿我当杀人凶手的人——哪怕她也并非真的相信我是清白的。

"谢谢姚老师。"虽然你的说教一句都没有说到点子上，但还是要感谢你。"我最近可能还会来找您的。"

"好啊，我这里随时欢迎。不过啊，你这么说可是会让我担心啊。你真没碰上什么麻烦事吗？"

"没有。"真正麻烦的事情可能从现在才开始。

恐怕，不管我做足怎样的心理准备，到那个时候仍会感到措手不及，就像将那个日记本翻到最后的时候一样。

离开图书室之后我去了一趟后院。

我从没跟远江一起来过这边，她却将这里选作我"勒索"她的舞台。

正对着教学楼后门的地方，种着几株蔷薇科植物。可能是上上周末的那场雨把所有花瓣都打落了，现在只剩下些寂寞的空枝。

她为什么要选在这里呢？只是因为这里僻静、罕有人至的缘故吗？可是，那是暴雨来临前的周五，当时枝头还挂满了花瓣，午休时这边不可能一个人也没有才对……

当然，就算有人周五中午来过这里，也不能证明什么。毕竟谁也不会把整个午休都浪费在这里，谁也无法证明我没有在他（她）去了别处之后"威胁"了远江。更何况，过了这么久，谁又会准确记得自己在上上周五的午休时去了哪里、看到了些什么呢？

我怕是真的无法证明自己的清白了……

就在这时，从操场那边传来了静校的音乐声。那是首令人昏昏欲睡的萨克斯曲。

我穿过教学楼的走廊，准备回家，却见班主任朱老师走在更前面，像是也正要回去。我没追过去，反倒把脚步放得更轻更慢，等她走出校门、朝相反的方向走去之后，才再次加快了脚步。

回到家时妈妈已经在家了。她靠在沙发上，衣服还没换，手提包也丢在一边。看样子没比我早回来多久。见我进门，她叫我坐到旁边，问了我一句：

"你在学校没被人欺负吧？"

妈妈在报社工作，消息本就比其他人灵通一些。她肯定已经看到了那条报道。可是，她却没有问我是不是欺负了别人，反而问我有没有被欺负……

"没有啊。怎么忽然问起这个了？"

"你们班上前几天去世的那个女生，好像被人欺负了。北京有家媒体做了报道，我们这边可能也要跟进。你不是跟她关系还不错吗？没有跟她一起被欺负吧？有什么事情一定要跟我说啊。"

"远江没有被谁欺负。"

"我看报道说她留下了日记……"

"日记也有可能是骗人的。"

"那个女生很爱说谎吗？"

"她偶尔会骗家长说自行车坏了，要点小钱。这算爱说谎吗？其他事情我不太清楚，但她真没被人欺负。这件事真的是她在骗人。"

"她为什么要骗人呢？人都死了……"

是啊，她为什么要骗人呢？

连我都理解不了，"大人"们又怎么可能相信呢？妈妈应该也只是随口一问，根本就没打算深究。反正，"大人"们都不必为理解我们付出任何努力，只要说一句"我已经工作了好几年，理解不了你们这些小女生的心思"就仿佛有了豁免权。

可是……

想到这里我不由得苦笑了起来。

可是"大人"们是对的。就算去揣测其中的缘由也只是白费功夫。我有种预感，就算到了妈妈的年纪，就算把我的余生都用来推测远江的想法，也不会得出什么"正确答案"。

也许若干年之后（如果我真能活到那个时候），我也会给远江的死亡与恶意都贴上"年少无知"的标签。

"我明天会去你学校一趟。"

"妈妈，这件事能不能交给同事去跑报道呢？您最好不要参与进去。"

"怎么了，忽然这么严肃？我认识你班主任，我去的话会方便些。会给你添麻烦吗？"

我点了点头。

"那我让实习生去吧，反正肯定什么也问不出来。你们班主任肯定会说自己什么都不知道。"

"她的确什么都不知道。"

"看来我不如直接问你。"妈妈显然是想开个玩笑，我却一点也笑不出来。

"远江真的没被人欺负。我不知道她为什么会自杀，又为什么会说谎，但是，日记里的那些话是骗人的。"

"嗯，我相信你。"

妈妈说。她一定是在骗人。

我回到房间之后，锁上了门。

3

那篇报道用了三天的工夫才传遍整个班，到了周五，同学中间已经有了种种猜测。

报道明确说是弄丢了同学的书之后遭到勒索的。我本以为大家会立刻怀疑到我头上，结果反倒是怀疑荐瑶的人更多一些。这也难怪，荐瑶在班里远比我更引人注目，恐怕班上不少人根本不知道我和远江是朋友。当然，指向荐瑶的流言可能都是秦虹那伙人散播的。也是从周五中午开始，她们用电教设备放起了流行歌曲。

荐瑶没有否认班上同学对自己的种种猜测，午休时间躲到了校外，放学后也是立刻就离开了。

事情急转直下是在之后的周一，严格说是周日的深夜。远江的母亲在网上公开了日记的扫描件。最初公开的只有最后一天的日记，而就在那里面，白纸黑字地写出了我的名字。

这一次好像是秦虹那边的人先看到的，一上午全班就都知道了。

那个午休，松蓂拿着饭盒去了隔壁班，荐瑶和上周五一样躲了出去。班里的音乐声比周五时更吵闹了，也许是秦虹她们在以这种方式庆祝自己的胜利吧——荐瑶一度和我这个"罪人"走得那么近，现在已经夹着尾巴逃走了，午饭时间再也不会有人和她们争电教设备了。

这样也好，音乐声遮住了同学们对我的种种议论。不过，就算不把头抬起来，我也知道全班的视线都集中在我身上，而且绝不是直视的目光。恐怕再也不会有人正眼看我了。

这都是预料之中的结果。

我的饭量一向很小，也不喜欢西红柿，今天却连同讨厌的菜一起，把一整盒饭都吃完了。洗筷子的时候有点想吐，还好忍住了。

不能让她们觉得我在心虚。哪怕逞强，也不能示弱……

回到教室，发现秦虹那群人正凑在班长的座位边。班长是个只是成绩很好、其他方面都很不起眼的女生，正坐在椅子上，抬头看着秦虹她们。远远看过去，她的脸上像是写满了不情愿。紧接着，她起身朝我这边走来了。

原来如此，她们躲在后面、强迫班长来向我问话。

我连忙抄起铅笔盒，又从课桌里随便抽出一本习题册，就在我刚转过身、还没朝门口迈出步子的时候，班长叫住了我。

"叶荻，我有点事想问你……"

她的声音在颤抖，也不敢直视我的眼睛，那副样子活像是在跟一个手持利刃的歹徒对话。

"我要去自习了。"

她继续说了下去，声音愈发小了，好在这时秦虹她们已经调低了音量，否则我真很有可能听不清她后面的话。"你是不是跟林远江吵过架？"

"没有。还没来得及吵架她就死了。"我说得很冷淡，心脏却跳得越来越快，"你还有别的事情吗？没有的话我先去自习了。"

我走出了几步，她又叫住了我。

"叶荻，我们也不愿相信你做了那种事。"

"这样啊。"我转过身，面对着她，"那就不要相信啊。我没有伤害过远江。"

"可是……"

"我没有做那种事的理由吧？欺负她对我有什么好处？我又不缺那几个钱，反而只有那么两三个朋友。你们也用脑子好好想想，我真的有必要做出这种事吗？"

"但是林远江她……"

"她也没必要说谎——你是想这么说吗？"我想结束这无意义的对话了，"她说谎的理由，只有她自己知道。你们真想知道的话，就去问她吧。"

"我是真的想帮你……"

"是吗？"我往秦虹她们那边看了一眼，只见她们也正往我这边看，还一边议论着什么。"但是派你来问我的人好像不是这么想的。我什么都没做过，对于日记里写的事情也毫不知情——就跟她们这么说吧。就算我说自己才是受害者，你们也不会相信吧？"

她沉默了很久，最后说了一句："我愿意相信你，但是没有信心说服秦虹她们。"

"我也没有这个信心，所以就这样吧。我要去自习了。"

我转过身，她还站在原地。她说愿意相信我，也只是一句客套话吧。肯定会有愿意相信我的人，也会有人指出日记的记述里那些不合常理的地方，但班长肯定不是那样的人。她对这件事恐怕根本没有自己的看法，也并不关心，只是被秦虹那群人差遣才来问我的，否则的话，怕是根本不想跟我、跟这件事扯上任何关系，连花费些心思去思考它都不情愿。

在这个教室里，像她这样的人才是大多数。

恐怕，即便在教室之外也是如此。

那些在网上习惯性地转发的人，或是当作谈资在饭桌上讲给别人听的人，其中又有多少人会设身处地地为我们考虑呢？反正勒索同学的故事早已经不算新闻了，因为受到欺凌而自杀也早有了先例。这些旁观者看到远江编造的故事，会做出的反应恐怕只是"又出了这种事啊"，而不会去考虑我有没有勒索远江的理由，更不会想到她可能在说谎。就算我的家庭信息、父母的收入全都被公开到了网上，大多数的人也仍会深信我做得出勒索远江的事情来。

是啊，因为我是"现在的女生"，所以"什么事情都做得出来"，一种简单易懂的三段论。

够了……

反正用不了多久，任何冷静的分析和那些支持我的话都会被淹没，然后离得远一些的人就会把这件事忘掉了，而我呢，会被周围的人贴上"凶手"的标签然后再也揭不掉了。

总之先逃离这里吧。

想着这些，我快步走出了教室。

班长没再叫住我。其他人也没有。

在报刊阅览室找了个位子坐下之后，才发现带来的那本数学习题集里课上讲过的部分都已经做完了。无奈之下，我去架子上拿了一本合订好的科技类杂志，装作在看。阅览室里也有个班上的同学，正对我指指点点的，她旁边还坐着一个别的班的女生，很专心地在听。看来我的"事迹"很快就要传遍全校了。

我用了一个中午翻完了半年份的杂志，走出阅览室却浑然不记得读到了什么。其间我还收到了荐瑶发来的一条短信，只写了一句"对不起"。我怕被别人看到就删掉了。我想，她也是看中短信能直接删掉这个便利的功能，才会用这种有些过时的方式联络我。

我以前不怎么把手机带到学校来，自从卷进了这桩麻烦，就总把它放在手边。一是为了查看网上的新动向，二是在遭遇什么突发情况时（就像在远江家遭遇的那样）可以立刻求救。

回到教室门口时，还没有打预备铃。

朱老师站在走廊里，见我过来就立刻叫住了我，之后又领着我绕过一个拐角，站到离教室稍远的位置。看样子她并不希望其他同学听到我们的对话。起初她还支支吾吾的，像是不知该从哪里问起。反复斟酌了一番之后，她问我知不知道远江是因为什么才自杀的。

"您不是说那是事故吗？"

她显然被我激怒了，瞪大了眼睛，嘴唇和脖子上的筋都在抽搐，却又竭力压制着怒火。

我只好补了一句，"那天葬礼之后，我去远江家看过她的日记，是她母亲让我看的。"

"这么说……"

"但我不记得自己做过什么对不起远江的事情。"

"什么叫不记得了？"

"我没威胁过她。日记里写的那些事都是骗人的。"

"林远江有什么怨恨你的理由吗？"

"我不知道。我也是看完日记才知道她那么恨我的。恨到临死还要陷害我的程度……"

"我相信你。"

又是这句话。"老师真的相信我吗？"

"你不是那种会欺负人的学生。咱们班上不会有那种学生的。"

是吗？但愿不会有吧，我可不想被人欺负。

就在这时预备铃响了，但她很显然没打算放我走。

"学校这边会替你做出回应的。你不用担心。最近先低调一点吧。网上有人议论什么千万不要回复，有媒体的人找到你也不要乱说话。"

"如果班上有同学议论我呢？"

我这句话显然戳到了她的痛处。我很清楚，不管之后在我身上发生什么事，都很难指望她介入。哪怕全班都孤立我，乃至……

"叶荻，你还没搞清楚状况吗？事情闹成这样了，学校会尽可能保护你的。我们只是希望你能低调一点，不要再惹出什么麻烦了，好吗？"

"我真的什么都没有做。"

"不管你有没有做，就算真的做了……"说到这里，她下意识地抬起了左手，像是要捂住那张失言了的嘴。一不小心说了实话，任是谁都会心虚。"老师相信你，咱们班上肯定没有那种欺负人的学生。"

她话音刚落，上课铃就响了起来。这次她终于不得不放我走了。

坐到椅子上我才想起来，我把那节课要用的课外阅读材料锁在了教室后面的柜子里。可是教英语的付老师已经开始讲课了，同学们都齐刷刷地把阅读材料翻到了他要讲的那一页。今天，他没再因为我没准备好课本而指责我，甚至没往我这边看上一眼。

后来，松荑从后面递了一张纸条给我，上面却一个字也没写，恐怕也是不知该从何问起。我这才意识到有必要跟她解释一下，就写了一行"林远江在说谎"。然后，她又在纸条另一面写了一句"她为什么要说谎？"——又是这个问题。每次向别人澄清，都会被这个问题卡住而无法顺利进行下去。我只好写了一句"也许她很讨厌我"。

然后松荑就再没递纸条过来了。

课间的时候，我去后面的柜子取东西，顺便往松荑那边看了一眼，她注意到了，立刻避开了我的视线。

是啊，我没法说服她，也没法说服任何人。不管这件事如何蹊跷，如何与我给人的印象不相符，只要解决不了"她为什么要说谎"这个难题，我就注定说服不了谁。

看来，事到如今真相早就不重要了。反正也不可能起远江于地下、跟我当面对质。只要找到，或者说编造一个说谎的"缘由"或是怨恨我的"契机"就好了。

也许她妒忌我。远江在母亲的管教下过着不自由的生活，而我却能相对自由地支配时间和金钱来读书、买书，在她看来怕是很值得羡慕的。可是那样的话，她为什么不找荐瑶下手呢？远江在日记里提到过，说荐瑶像是一颗她"不敢直视的太阳"，已经耀眼到这种程度了，若真要妒忌，也应该妒忌她才对……

算了，不要再替她考虑了。姑且像她一样编造一个子虚乌有的故事吧！就用最俗套的理由好了——我们喜欢上了同一个男生。

想出这个"理由"之后的几分钟我一度很兴奋，还环视了一下整个教室，想看看哪个男生是最合适的人选。可是，一时的脑热降温之后，我才发觉这个"理由"是何等不堪一击。

——如果真有这种事，远江为什么从未在日记里提到过呢？

远江的母亲迟早会公开日记的全文吧？

因为只有这样才能让我无法替自己开脱。就是因为在日记里找不到任何远江怨恨我的理由，远江对我的种种指控才显得那么无懈可击，旁人也就不会再做什么多余的猜测了。

这么简单的道理她不可能不懂。虽说日记里也写满了对她的控诉，看到的人免不了要如此解读这起"事件"——远江在母亲的威压之下已经到了崩溃的边缘，我的"背叛"只是压死骆驼的最后一根稻草——即便她也会被视作逼死女儿的凶手，她也势必会公开前面那些内容的。

这就是她对我的"复仇"。

和她女儿的做法一样，这是一种自杀式的攻击。

在回家的路上我已经做好了心理准备，妈妈一定会责怪我一直瞒着她。她肯定未曾料想到，最早的那篇语焉不详的报道已将矛头指向了我，更不会知道我早就看过了远江的日记。上周一她问我有没有被人欺负时，我一口咬定远江在骗人，当时如果没说出那些话就好了，事到如今至少还能装出一副懵然无知的样子来，或许能蒙混过去。

现在后悔也来不及了。

妈妈一定会对我发脾气的。但这都无所谓。关键在于等她冷静下来之后，会相信我吗……

把钥匙插进锁孔之后,我深吸了一口气,然后才推门进去。在门口换鞋时我还没有察觉到,走进客厅才发现我把这一切都想得太轻巧了。

坐在沙发上的不止妈妈一个人,爸爸也已经回来了。

起初,爸爸只是一言不发地坐在那里,都是妈妈在问我话。问清了事情的原委之后,紧接着的果然是那个问题,"出了这么大的事情为什么不告诉我们"。就在我吞吞吐吐、不知该怎么回答的时候,爸爸终于开口了:

"这件事应该由我们去和你同学的母亲交涉。如果你早些告诉我们,事情也不会闹到现在这一步的。"

会的,就算你们去交涉,她也不会停手的——不过现在显然不该用这种话顶回去。

"我也没想到她会把远江的日记发到网上……"

"我们今天一整天都在跑这个事情。"爸爸说,"北京那边的媒体已经打过招呼了,他们说不会只听一面之词,也会报道我们这边的说法。但是我们怎么也联系不到你同学的母亲。家里没人,手机也打不通,她单位的人说她已经两个礼拜没去上班了。北京那家报社也说好久没收到她的联络了,还说把日记的扫描件上传到网上也是她自己的行为,跟他们报社没有关系。我们打算明天再去她家看看。"

"对不起……"

"学校那边怎么样?"妈妈问我。

"班上的同学都知道了。"

"没有人欺负你吧?"

我本想说"暂时还没有",又怕让他们担心,就摇了摇头。

"学校那边也说会尽量把事情压下去。"爸爸说,"如果你同学的母亲再在网上散播什么，我们准备告她诽谤。总之，这件事会过去的。你也不要想太多。"

"我知道了。"

他们又安慰了我几句，然后就放我回房间了。我锁好门，开始换衣服，眼泪忽然怎么也停不住。结果，爸爸到最后也没有问我是不是真的欺负过远江。可是，我也没有勇气问他不问的理由。如果爸爸的回答是"我相信你不会做出那种事"倒是还好，他如果说"即便你真做了也不要承认"，我又是否该感到愤怒呢？至于其他的答案，我更是根本不敢想象。

就这样把这个问题永远地悬置起来吧，权当爸爸妈妈都信任着我。可是即便这么想着，眼泪仍不住地往下掉。我屏住呼吸，不想哭出声来，可是到头来还是弄出了不小的动静。再这样下去会被爸爸妈妈听到的……

我扯开叠好的被子，打算像小时候一样蒙住头痛哭一场，却先听到了敲门声。我扑倒在床上，捂住耳朵，不想应门。

即便捂着耳朵，也能听到敲门声很快就停了。

4

远江的母亲后来陆续在网上公开了日记的全文。不过，班里的同学对这件事的关注，一度被期中考试打断了。我在学校里的处境没有什么变化。回想起来，自己本就不怎么起眼，以往除了松蕙和荐瑶，也很少有人主动跟我说话。至于远江，每次都是我主动凑过去找她的。如此看来，我早就适应了这种清净的日子。更何况，老师们也很有默契地不再点到我的名字，上课时也可以放心地开小差了。

需要习惯的就只有两件事而已，一是一个人吃午饭，二是自己坐公交回家。

总之，就算成了班上的透明人，我的生活也没有多少改变。反正班上的透明人也不止我一个。我也是在遭到无视之后才注意到他们的。除了我之外，还有几个同学每天也是一个人吃着午饭，课间、午休和放学之后也都是独来独往。

我之前只注意到了远江，她当时就是这样度过校园生活的。

现在看来，如果没注意到她就好了……

晚上荐瑶偶尔会打电话给我。总听她道歉，我都有些麻木了。她的处境也有些不妙。以往午休时凑在她身边的那个小圈子已经土崩瓦解了，只剩下男友还陪着她。配合大家孤立我的结果就是，放学之后她也只得一个人回家了。

在期中考试结束之后不久，我开始受到秦虹那群人的骚扰。有一天午休自习回来，发现桌上被人用荧光笔写了一行"杀人犯"。比起愤怒，我更觉得哭笑不得。就算要用这种方式"伸张正义"，也麻烦你们做得专业一些，至少去校门口的文具店买支马克笔吧。

后来她们真的买了，而且把字写到了我放在课桌里的课本上。

还有过几次，她们把撕碎的纸屑丢进了我的课桌和书包里。

我之所以知道是她们做的，还是荐瑶在电话里告诉我的。

为了保护课本，我把放在课桌里的所有东西，连同书包，都锁到了教室后面的柜子里，需要用到的时候才取出来。有时候也会闹出乱子，没有把上课所需的材料都备齐。幸好老师绝不会点到我，少拿了什么也无所谓。

再之后，我交上去的英语作业本再没有发下来。我这才想起英语科代表跟秦虹她们是一伙的。我后来再也没交过英语作业，老师也仿佛没有我这个学生一样,一次也没有提醒过我。

值得庆幸的是,语文科代表是荐瑶,否则我的周记本说不定已经被全班同学传阅一遍了。

然而,秦虹她们对我的骚扰升级为欺凌,却是在一次语文小测验之后。

周四上午的最后一节课是语文。那天语文老师有事请了假,临时改成了作文小测验。翻开从前桌传过来的试卷,我一瞬间感到呼吸有些困难,胸口也在隐隐作痛——

"请以'信任'为题,写一篇不少于八百字的作文。文体不限,诗歌除外。"

我尽可能不弄出动静地深呼吸了几次,又读了一遍试题。信任——这对我而言尚不是最糟糕的题目。如果考题是"友情",我或许还会有更激烈的生理反应。可即便如此,我的右手已经开始颤抖了。我拿起笔,想在稿纸第一行写下那个给定的标题,但迟迟无法下笔。好不容易让笔尖碰到纸面,却又一笔滑了出去,幸好只滑到了格子边缘,只消描一描就能变成"信"字的第一笔。

周围的同学大多还在构思,没有动笔开始写。然后我注意到了,秦虹正把目光投向我这边。即便觉察到了我的视线,她也没有立刻把头转过去,而是露出了轻蔑的笑容。

她们应该都很好奇我会怎样写这篇作文——是啊,既然她们认定是我背叛了远江的信任,自然会很想知道我要怎样替自己辩解。

幸好唯有荐瑶是绝不会听命于她们的,我的试卷不至于落到她们手里。

还是集中精神,先把这堂小测验应付过去为好。

我活动了一下手腕,手已经不再抖了。反倒是秦虹那充满恶意的目光让我冷静了下来。不能向她们示弱,就算用陈词滥调来拼凑,也要把这篇作文写完。

然而,那只握着笔的手,就算不再颤抖,也不怎么听我的使唤,擅自就把我的心声写到了试卷上:

"信任只是一种托词。"

我正犹豫着该不该画掉重写,接在后面的话却像无声电影的字幕一样,一句句涌现在脑海里,我只好将它们悉数记了下来。

"没有勇气去确认对方的想法时,大家就会把'信任'二字挂在嘴边,以自欺欺人。说到底,这不过是胆怯在作祟。可是,多数情况下,即便开口去确认对方的想法,也未必就能听到真实的答案,而且有可能让自己受到伤害。更可怕的是,一旦去追问,就会被认定是'不够信任对方',从而破坏了两人之间的关系。"

这真是篇离经叛道的应试作文。若在以往,我可没有勇气在小测验里写下这一类负面的言论,见了这题目,怕是只会论述人与人之间建立信任的重要性,再举些无关痛痒的例子,引几句一知半解的名人名言,最后再反过来说也不能盲目信任别人。可是,经历了远江的事情之后,只怕我是再也写不出那种冠冕堂皇的蠢话了。

"……毕竟,我们不是为了刨根问底而活在世上的,绝少有人愿意为满足自己的好奇心而付出代价。恐怕仍有必要继续滥用'信任'二字,而不去探求别人的真实想法。当然,在自欺欺人的同时,谁也不要入戏太深,也要随时做好遭到背叛的心理准备。"

写完这最后一句话,我就像被抽空了一样,习惯性地把手里的笔移到下一行,却已经无话可写了,大脑里一片空白,直到下课铃响起才回过神来。

倘若在书里读到类似的文章，恐怕我只会觉得作者在标新立异，行文也很是生涩，通篇都是枯燥的说理，全无实例。想必语文老师看到也会这么想。然而我没法把发生在自己身上的实例写进去，也不必写，这只是一种宣泄，至多也只是一种整理，本就没打算拿到高分，更不指望能说服谁。

这样就可以了。

我把它放在从松荑手里接过的卷子下面，传给了坐在我前面的男生。然后像往常一样，把书包和上午用过的课本都锁到了柜子里。再次回到座位时，发现松荑已经不见了。她还是每天中午都去隔壁班吃饭。同学们纷纷去放在教室外的箱子那边拿饭，荠瑶则抱着收上来的作文跑出了教室。

教室里马上就要响起音乐声了吧。

我这样想着，也去取了盒饭，回到教室，音乐却迟迟没有响起。

秦虹和她的跟班们正凑在我的座位边，她手里还拿着一张密密麻麻写满字的稿纸。我没猜错的话，那应该是我刚刚写完的作文。

荠瑶肯定不会把我的作文交给秦虹她们，平时交给小组长的作业也基本都能回到我手里，而这一次，是从后往前传的卷子……

原来如此，坐在我这一列第二排的女生现在就站在秦虹身边，一定是她扣下了我的作文。

我朝座位走去，准备像往常一样无视她们，结果被粗暴地拦了下来。

她们中的两个抓着我的胳膊，把我推到了椅子上。饭盒里的菜汤洒了一些出来，溅到了其中一个女生的鞋上。她像是为了报复，狠狠地踢了我一脚。

从胫骨传来的剧痛让我认识到了事情的严重性。

这一次就算我想无视,只怕也做不到了。只是塞纸屑或是用马克笔写下咒骂我的话已经满足不了她们了,她们终于还是对我出手了。

我想挣脱开、跑出教室,却因为肩膀被人死死压住而无法起身。

"我们真的看不下去了。"秦虹说道,又瞥了一眼我那篇作文,"你害死了我们的同学,居然一点悔意也没有,还在作文里嘲笑林远江。"

说着,她大声念出了作文的最后一段话:

"当然,在自欺欺人的同时,谁也不要入戏太深,也要随时做好遭到背叛的心理准备。"

她把那张纸甩在我的课桌上,让它正好摊在了饭盒旁边。

粘到纸上的菜汤一点点晕染开来。

班里那些原本打算无视这场闹剧的同学,也纷纷把头转了过来。我想,听到了这一番话,他们也像秦虹一样,正沉浸在自以为是的义愤之中。

"你这是什么意思?是说林远江在你们的友情游戏里'入戏太深'了?她把你当朋友,也只是一直在'自欺欺人'——你是这个意思吗?"说到这里,她揪起我的衣领,瞪了我一眼。"你还是想说,林远江会自杀,都是因为没做好被你背叛的'心理准备'?开什么玩笑!"

我不想和她解释,只希望这一切能快点结束。

"我们都读了她的日记,里面真是三句话离不开你。她那么信任你,你又是怎么对待她的?她只有你这么一个朋友,你却……"

"是啊,她只有我这么一个朋友。可是……"

"可是什么?"

"可是这还不是因为你们都不愿跟她做朋友——你们所有人都当她不存在!"

结果还是说了出来……不,应该说是喊了出来。恐怕身在隔壁班的松蕈也能听到我的叫喊声。

这句话,我从很早以前就想质问班里的同学了,今天总算说了出口。是啊,即便远江是个连手机都没有的孤僻的女孩子,你们也不该一直无视她,直到她死了才想起班上有这么一个人,才来为她的死鸣不平!在她活着的时候,当她还在这间教室里与我们呼吸着同样的空气时,你们都为她做过什么呢?

秦虹举起左手,像是准备打我。我不愿示弱,把眼睛睁得更大了,泪水却不住地往外涌。

她忍住了,颤抖着放下了左手,也松开了抓着我的衣领的右手。她全身都在颤抖,呼吸声也变得异常沉重,像是刚刚跑完八百米一样。

"你……"

她的跟班齐刷刷地把目光投向了她,等待着秦虹的下一步指示。那场面就像是一群未开化的土著在等候女祭司的神谕。

"你有什么资格把'朋友'这个词挂在嘴边!"秦虹在我耳边怒吼道。她的"朋友"们纷纷点头称是,看来谁也无法原谅我玷污这个神圣的字眼。"我来教你怎么和人做朋友吧……"

说着,她拿起我摆在桌上的盒饭,抓了一把已经凉了的米饭,凑到我嘴边。我伸手去挡,结果手也被抓住了。

"朋友要一起吃午饭!"

她把那口饭按在了我的脸颊上。我真的被激怒了,想着如果她再敢这么做,我就一口咬住她的手指。可是,把粘在手上的饭粒在我的袖子上蹭干净了之后,秦虹没再把手伸进饭盒里,而是将饭盒整个端起,连汤带水一并扣在了我头上。

可能是为了不被菜汤溅到,按在我肩膀上的手一时松开了,我站了起来,却因为眼睛被菜汤糊住了,一时什么也看不到,不知该往哪里逃脱,一转眼又被按回到了椅子上。

菜汤顺着脖子流进衣领里、滑过后背的感觉,活像是有什么活物钻进了衣服里。

趁着她们还没来得及抓住我的手腕,我赶忙擦了一把眼睛。这下总算能睁开眼了。

"朋友会上课传纸条……"

秦虹的话音刚落,她的跟班就将一大把不知从哪里变出来的纸屑撒在了我头上。看来平时就是这个女生负责往我的课桌里放纸屑。

"朋友要每天给对方打电话。"

说着,秦虹把手探进我的上衣口袋里,摸出了我的手机,又将它狠狠地摔在地上。

"朋友还要一起拍照……"

她的另一个跟班拿着自己的手机凑了过来。走过来的时候还不忘一脚将我的手机踢到了更远的地方。然后,她举着手机对准我,拍下了我的丑态。

"让她自己看看。"秦虹指示说。

我看了一眼拿到我面前的手机屏幕,立刻把视线移开了。我现在的样子远比想象的更糟糕。纸屑被菜汤粘住,纷纷挂在我的头发上。褐色的汤水顺着头发流下来,经过眼眶,流过面颊,又从腮部滴到衣领上。我不禁想起了《魔女嘉莉》里女主角被洒了一身猪血的场面,竟从悲惨之中感到了些许的滑稽。

"朋友还要一起写作业。"

我的书包和作业本全都锁进了柜子里。钥匙倒是就在衣服口袋里,但她们显然没动这个心思,只是把我那篇作文撕了个粉碎。新产生的纸屑仍照例扔在了我的头顶上。

之后，秦虹对我下达了最后的判决——

"朋友要一起去厕所。"

听到这里，她的一群跟班忽然手足无措了起来。很显然，每个人都听懂了她的意思，却犹豫着要不要执行。任何一个有常识的人都清楚，若把这副样子的我拖出教室，一定会把事情闹大的。可是秦虹并没有就此收手的打算。她凑到我耳边，又补了一句：

"你愿意跟我一起去吗？"

这话既是对我的威吓，同时也是说给她那群跟班听的。她们交换了一下眼神，然后就把我拽了起来。

手臂虽然被她们抓得生疼，却又有一股寒意涌过，怕是已经起满了鸡皮疙瘩。厕所——我一时很难想到比这更可怕的字眼了。秦虹究竟打算对我做什么，我根本就不敢想象。往好处想，至少会帮我冲洗一下头发吧……

事到如今就算讨饶她们也不会放过我了。

我暗下决心，等她们把我拖出教室门，我就大声喊救命，让这一整层的人都听得一清二楚。

"你们在干什么？"

一个声音从教室前方传来，我抬起头，见是朱老师站在门口。

秦虹她们赶忙把我放开，我顾不得朱老师的阻拦，冲出教室，朝水房奔去。刚一出门，险些撞到一个站在门外的女生，竟然是荠瑶。

看样子是她叫来了朱老师。

冲进水房，我立刻拧开水龙头，把头凑到下面。我肯定把那些正洗着餐具的人的视线都吸引了过来。但我已经顾不得那么多了。即便早一秒钟也好，我恨不得立刻摆脱粘在头发上的菜汤与纸屑。看着从我的头发上流过的自来水都变成了铁锈的颜色，我失声痛哭了起来。

关上水龙头之后，立刻听到了一阵走向我的脚步声。

是荐瑶为我送来了毛巾。

后来朱老师把我带到了办公室，问我需不需要去宿舍楼那边冲个澡，又劝我去医务室那边躺一会儿。还说已经批评了秦虹她们，她们几个正在会议室写检查。

之前我被她们骚扰的时候，一次也没跟朱老师提起过，事到如今也没法谴责她不作为，只好先感谢了她的关心，又告诉她我已经没事了。

正当我站起来准备离开的时候，朱老师忽然说了一句让我始料未及的话：

"我联系了你家长，他们过一会儿会来接你。今天先回去好好休息一下吧。"

"我真的已经没事了。我也没那么娇贵，就是想换件衣服……"

"还是好好休息一下吧。学校这边会当成病假处理的，你不用担心。"

"没这个必要吧。"

"作为你的班主任，我觉得还是有这个必要的。"说到这里，她面露难色。"就当是为了班级，好好休息一下吧。"

"老师的意思是我明天也不用来了吗？"

"你可以休息到你觉得恢复过来了为止……真的不用太勉强。学校这边都会算是病假的。你平时成绩也不错，又很自觉，就算在家休息，功课也不会落下的。高二文理分班之后你打算学文吧？"

照她的意思，直到这学期结束我都不用来学校了，而升上高二之后，反正我也会去文科班，不会归她这个物理老师管。现在她只想着先排除掉我这个不安定因素，以求顺利撑到这学期结束。

的确，只要我还坐在教室里，同学们就无法专心学习，说不定哪天又会有人做出类似今天这种事情来。她负责的班级已经出了远江这个自杀的学生，又出了我这么个新闻焦点，再出什么乱子她就真的承担不起了。

真是讽刺啊，我明明是被欺负的一方，却被下达了实质上的停学处分，而对我暴力相向的秦虹她们，只是写篇检讨就没事了。

"朱老师，您能不能答应我一件事呢？"我说。

"什么事？"

"如果秦虹她们敢欺负方荇瑶的话，就把她们全都开除。"

这显然不是她能做主的事情，但她斟酌了一番之后，还是说了句"好，我答应你"。

就在这个时候，朱老师桌上的电话响了，是传达室打来的，说是我家长已经到了。

"你的书包还在教室里吧，我陪你过去拿一趟。"

"没关系，我自己去就好了。"

"还是让我陪你过去吧。"

她抢先一步起身，走到门口，替我打开了门。我跟在她后面走出办公室，只见荇瑶一个人站在门外。从她身边经过时，我轻声说了句"保重"。她没有任何反应，只是低着头站在原地，也不知道究竟听见了没有。

第四章　为最后一个愿望而祈祷

1

我被迫休学之后,荐瑶几乎每天都来看我。以往她不怎么记课堂笔记,只是在课本上画画重点或是写几句批注,现在为了我却恨不得把老师的每句话都记到本子上。她总是陪我写完作业再回家。如果太晚妈妈会开车送她回去,有时索性就住下了。

恐怕对于荐瑶来说这几乎是一种"赎罪"了。但我并不觉得她有什么亏欠我的地方,反而有些不好意思。

其他同学,包括松冀在内,倒是一次也没有联系过我。那天妈妈接我回家之后,非说要再去找班主任讨个说法,至少要让秦虹她们登门道个歉。我说不想见到她们,妈妈才打消了这个念头。

每天在家实在无事可做,只好在各个社交网站上闲逛,观察网上的人对远江的事的反应。我能检索到的较早的评论,几乎是一边倒地在谴责我。特别是最后一天的日记被公开之后,不少人都主张将我绳之以法,其中还有几位"法学专家",给网友们提供了技术上的支持。顺着这个思路,话题很自然地转向了针对"未成年人犯罪"的大讨论,甚至有人发起投票,问大家是否赞成对未成年人采取同样的量刑标准。刚看完这样的社会新闻,怎么会有人不赞同呢?

讨论这件事的另一个方向是"关注校园欺凌"。有好事者将进入新世纪以来的著名校园欺凌事件做了总结，还从中看出了不少规律。而远江的死，适足以证明女生之间的欺凌的比重正逐年增加。很显然，说这些话的人选错了例子，但结论或许是对的吧。只要看看秦虹她们对我做的事情就知道了。

我父母的身份也被曝光了。起初只是有人说我的父亲是公务员，母亲是报社的编辑，之后立刻有人给我贴上了"官二代"的标签，还说我父母动用职务之便封锁消息。爸爸只是个副科长，却被传成了局级干部。幸好我住在Z市这种小地方，大家就算拼命夸大，也只能到这个级别了。

针对远江参加的那个征文比赛，网上也有不少讨论。甚至有人根据日记的描述伪造了远江的参赛文章，但是写得很拙劣，底下的留言纷纷表示这样的文章确实不可能入选。后来又有稍微聪明一点的人，质疑那位用户为什么能贴出远江的参赛文，而最后的结论竟然是那是"叶荻的账号"。在来自四面八方的围攻之下，那个账号很快就被注销了。

也有人想蹭这个热点事件来展现一下自己的学识。一时间冒出了好几个"古希腊哲学专家"，分别对《尼各马可伦理学》一书做了介绍，好几篇都是以远江的死来开篇的。其中甚至有一篇出自上海某著名大学的哲学系教授之手。

最让我感到哭笑不得的是，在某个能给图书打分的网站上，有人发起了给我外公的著作打一星的运动。评语清一色都是"我没读过，要怪就怪你外孙女吧"一类的话。外公那几本只印了一两千册的中外交通史论文集，竟会以这种方式再次进入大家的视野，不知他老人家在泉下会做何感想。

因为我的名字出现在了日记里，找到我的种种个人信息也没那么困难。有很多迹象表明，在网上煽风点火的一些"知情人"是我的同学，至少有我们学校的学生在"爆料"。其中一个账号把远江发在校刊上的文章拍照传到了网上，还贴出了我们班教室的照片。说不定这也是秦虹那群人做的好事。幸好我没怎么跟班里的同学交换过手机号（应该只有荐瑶、松荑和远江知道），直到现在还没接到什么骚扰电话。

网上倒是有不止一个人（有的还自称是我的同学）贴出了"叶荻的手机号"，但那些号码无一例外都是错的。说不定都是在利用民众的愤怒来报复仇家。事到如今，就算有人贴出正确的号码，估计也不会有人信了。

对我的种种指责，看得多也就麻木了，反正只有礼貌与否的区别而已，内容都大同小异。我不能忍受的，是那些针对我和远江的长相的议论。

远江作为"受害者"，照片很早就被贴了出来。我的名字被公开之后，也有人翻出了我初中的毕业合影，以及其他一些在网上能找到的照片。远江的长相显然满足不了大家对悲剧女主角的幻想，所以表示失望的大有人在。还有人在她的照片下面留言说，"以前我们班上被欺负的女生也长成这样"，居然有几个人附和说"可以理解"。至于我的长相，我自己本就不怎么喜欢，但看到那么多酷评，心里还是很不愉快。印象最深的一条评论是，"笑起来像蜥蜴，一看就不是什么善类"。下面还有人回复说"你怎么能这么污蔑蜥蜴呢"。

我休学回家的时候，网络上针对这件事的关注已经降了温，校园借贷和人工智能成了网民们的新宠。直到这件事淡出公众的视野，质疑的声音也是微乎其微的。也有一些人渴望着"反转"，却迟迟没有等到，也就逐渐失去了兴趣。

上个周末,我把在各个社交平台新注册的账号一并注销了。

学校里的人也会慢慢忘记这回事吧。时间虽不能证明我的清白,却能让我的污名变得不再那么显眼。既然无力洗刷,那就耐心一点等待……

就在我准备放弃的时候,荐瑶把姚老师领到了我家里来。

她们到访时,我和妈妈刚吃过晚饭,爸爸还没回家。荐瑶事先没跟我说姚老师也会来,我就像往常一样穿着睡衣给她们开了门。妈妈招呼姚老师去客厅坐坐,姚老师说有事想跟我谈谈,和荐瑶一起去了我房间。

我安排姚老师坐在我的椅子上,和荐瑶一起坐在了床上。荐瑶习惯性地抱起了放在床头的企鹅布偶。姚老师正准备开口,妈妈送茶水过来了。等妈妈离开、把门关好,姚老师才说明了来意:

"叶获同学,你三月底的时候是不是从图书馆借过一本书?"

说着,她取出了一张纸,递了给我。上面打印着我的借阅清单。最后一条记录是本迪伦马特的小说集,至今未还。

"已经过期两周了。那本书现在在你家里吗?"

"稍等一下,我找找看。"

我起身,很快就在书架上找到了那本书脊上贴着索书号的旧书。借来之后一直没时间看,后来又出了那种事,我就把还书的事情忘了个一干二净。

姚老师从我手里接过那本书之后,仍坐在原处,丝毫没有站起来离开的打算。况且,就情理而言,图书老师也不会为了一本过期的书而专程跑一趟。所以我试探着问了一句,"老师要跟我谈的就是这件事吗?"

"当然不是了，这只是顺便而已。"她随手把那本书翻到了靠中间的某一页，却没有低下头去看，目光仍对准我的眼睛。"如果只是为了要回一本过期的书，只要找你这位朋友代劳就好了。我有事想问你。"

"什么事情呢？"

"只是想向你当面确认一下罢了。"她把书放到了桌上，说道，"你应该没有欺负过林远江吧？"

"我没有欺负过她。"这句话几乎是脱口而出，音量大到连我自己都吓了一跳的程度。"老师您……"

"你之前说真遇到什么麻烦会来找我商量，其实当时就已经遇上麻烦事了吧？"

"对不起，我……"

"这又不是什么需要道歉的事情。我只是个图书室的老师，遇到事情来找我商量才比较奇怪。"姚老师微微一笑，"不过啊，你迟迟不来找我，我就背着你采取行动了。我那边有了些进展，想尽快告诉你，去找你班主任一问才知道你休学了。"

"您是为了帮我而特地过来的吗？"

"总爱多管闲事也是我的老毛病了。"

坐在我身边的荞瑶插了一句，"听说您喜欢读推理小说，所以才总爱扮演名侦探吧。"

"那倒也不是。"姚老师的表情忽然沉重了起来，平视着我的目光也垂了下去。她摇了摇头。"自作聪明的侦探游戏什么也改变不了。我只是不想再……"

她没有说下去，荞瑶也像是在为把话题引上了尴尬的方向而感到愧疚，低着头陷入了沉默。见状，我连忙问了一句：

"老师发现了什么，为什么认为我是清白的？"

"我也看了林远江的日记,有些地方总觉得不太自然。如果是篇日记体小说的话,倒还说得过去——我会认为作者在谋篇布局上下了些功夫。但若说是一天天这么写下来的日记,又未免太刻意了。你有这种感觉吗?"

"我倒是没觉得有什么地方不对劲……"

"也可能是我想得太多了。"说着,她从挎包里取出一沓打印纸,翻到很靠后面的某一页,递给了我,"你看看这里。"

那是二月二十七日和三月三十日的日记。

2月27日　　周一

果然一大早语文科代表就拿着那本杂志过来找我了,α也说了几句鼓励我的话。本就没期待能入围,自然也不觉得沮丧。可是,利用上课时间读了几篇刊登出来的"优秀入围作品"之后,又不免难过了起来。我并不觉得那些文章比我写得差,也不想承认她们写得更好,因为根本就不是一个类型。我从一开始就弄错了方向。原来如此。原来评委期待看到的是这样的来稿。附在一篇文章末尾的评语里出现了这样的字眼——"真实的青春"。看到这行字我简直要吐了。我忽然明白了,这是一场我注定会输掉的比赛,却不是输在文字上面,而是输给了"她们的人生"。那篇文章里提到的事情,独自旅行、交男友、去看演唱会,哪怕是深夜给朋友打电话哭诉,都是我绝不可能在这个年纪体验到的。如果评委们认定这就是"青春",我就绝无可能比这些亲历过的同龄人写得更"真实"。我那些向壁虚构的情节,飘忽不定的背景,故作优雅的行文,都从一开始就找错了方向。最近真是什么都不想写了。周记就交几段摘抄应付过去吧。日记似乎也不必记了,反正说到底也没有什么可记的事情。就这样吧。

3月30日　　周四

有一个多月没再记日记了。回想起来，这一个月里也没什么值得记上一笔的事情。我后来也想通了。会花钱买那本杂志的，肯定不是我这种人。杂志的编辑与读者之间自然有着他们的默契与常识，我的生活也好，文章也好，都不可能引起他们的共鸣，因而注定会是这个结果。我的读者有 α 一个人就够了。今天她又问我有没有什么新的构思。再写些什么拿给她看吧……话虽如此，我却一点思路也没有。

姚老师继续解释道，"林远江受到征文比赛落选的打击，有一个月没有记日记，这也不是不能理解。因为她发现自己的生活里没有什么值得记下来的事情，于是停了笔。这是你这个年纪的女生常有的心理，姑且算是一种'顿悟'吧。而在三月三十一日的日记里……"

我往后翻了一页。

3月31日　　周五

昨天 α 问起了借给我的那三本书。我把那本《尼各马可伦理学》带到了学校，却忘记拿给她了。到头来只看了有关"友爱"的部分。说不定是亚里士多德显灵了，让我又把书背回了家里，想以这种方式强迫我读完……算了，就算他托梦给我，我也不想再看下去了。

"'昨天'，也就是三月三十日了。你在三月三十一日问起了那三本书的事情，她也在那天重新开始记日记。这是不是太巧了呢？"

"我没跟她提起过。我早就不记得借过书给她。是她在自杀的前一天非说要在第二天把书还给我，我才想起来的……"

"果然是这样。"姚老师点了点头。"之后的四月一日就发生了'撕书事件'。这也成了你'勒索'她的导火索。而根据日记的说法,书会被撕又是因为你在三月三十日催她还书,她把其中一本带到了学校……不觉得很奇怪吗?"

确实太巧了,活像是预见到了后面要发生的事情一样。

"她正好在你提起那三本书的日子重新开始记日记,然后没两天书就被撕了,后面所有的日记都是围绕着这件事展开的。我甚至觉得,可以把林远江的日记划分为截然不同的两部分,截止到二月二十七日辍笔,都很像是女高中生的日记,只是拉拉杂杂地记录自己的生活,有什么就记什么,看不出什么刻意安排的脉络。而三月三十日她重新开始记日记之后可以看作是第二部分,更像是一部日记体的小说选段,先为事件埋些伏笔,再逐天记下事情的进展,简直像是一首通往悲剧的进行曲。"

"但是姚老师,"荐瑶开口了,"发生了'撕书事件'之后远江她肯定整日都在为这件事苦恼,不会有关心其他事情的余裕,反映到日记里自然就是这个样子。"

"我在意的是她重新开始记日记的时间。如果她是在书被撕掉当天重新开始记日记,倒也说得过去。然而不是,日记是从书被撕之前两天重新开始记的。这给人的感觉就像是她为了不让日记显得太突兀,而特地从事发的两天前重新开始记的。"

"您是说,三月三十、三十一日两天的日记更像是书被撕掉之后远江补写上去的?"我问。

"有这个可能性。"说到这里,姚老师深吸了一口气,"你们有没有想过,后面这些日记有可能不是林远江写的?"

"但是字迹确实是远江的……"

"你们小时候没模仿过家长的签字吗？我在你们这个年纪还经常干这种事呢。既然孩子能模仿家长，家长为什么就不能反过来模仿孩子的笔迹呢？这只会更容易，不是吗？"

"您的意思是说，远江的母亲伪造了后面这些日记？"

"我暂时想不出其他人选了。"

听到这里，我和荐瑶对视了一下。荐瑶眼里也满是困惑。

"你们还能想到其他人选吗？"姚老师说了下去，"如果三月三十日之后的日记是伪造的，又会是什么时候被伪造出来的呢？总不会是在林远江生前吧？伪造者得到那个日记本应该是在林远江坠楼之后，日记本一直放在家里，林远江又跟母亲两个人相依为命……我真的想不到其他人选了。更重要的是，也只有她母亲有伪造日记的理由。"

"什么理由呢？"荐瑶问。

"脱罪，或者说逃避世人的指责。如果林远江的日记截止到二月二十七日为止，大家会怎么猜测她的死因呢——受不了母亲的高压教育才自杀的。大多数人应该都会这么推测。特别是你，作为她朋友，很可能从林远江那里了解到了什么，就算销毁掉日记，你也有可能提供这方面的证言。这样一来，林远江的母亲免不了要背上逼死亲生女儿的污名。"

"那也是她应得的。"荐瑶说，她的声音因愤怒而颤抖了起来。

"所以——当然这只是我的想象，但我有理由这么推测——她选择把你也拖下水，通过伪造一部分日记，把害死林远江的大部分责任都推给你。"

"可是，如果是那样的话，"荐瑶说，"她为什么不把自己的关系完全撇清呢？即便按照日记的说法，一切还是因为她撕了书才引发的，她还是要为女儿的死负责啊。"

"话是这么说,但是啊,人的想象力是很有限的。并不是所有人都像小说家和骗子一样,随口就能编造出一个完整的故事来。一个普通人,就算要说谎,也不过是在事实的基础上做一些改造罢了。她肯定真的撕了你借给林远江的书,这件事也确实成了林远江自杀的导火索。她所做的,只是在此基础上编出了你勒索林远江的故事而已。这种基于一部分事实的谎言才最难被戳穿。"

姚老师的推测确实不无道理。书是远江的母亲撕的,她又能通过日记知道那是从我这里借去的书,完全可以捏造出这样一个故事。而她也不会知道远江究竟是在周五还是周六把书还给我的……

"不过,既然是谎言,不管编得多精巧,一定会有纰漏的。更何况是要编造别人的经历。林远江的母亲可能犯了个很严重的错误。说不定还不止一个呢。"

很严重的错误?我不知道她指的是什么,荐瑶往我这边看了一眼,她也是一脸茫然。

我想,姚老师的意思大概是,如果日记是他人伪造的,就不可能对远江的行动了如指掌,一定会有和事实相忤的记录。可是,即便如此,已经过了这么久,谁又会记得远江在何时何地做过些什么呢?

结果还是什么都证明不了……

姚老师从我手里拿回了那沓打印纸,翻到了最后面的几页。

"在最后一天的日记里,你对林远江说了这样的话,'你这是什么表情啊,至于这么吃惊吗?报名表当然还在。那种烂文章,我怎么好意思帮你寄出去呢'。照日记的说法,你没有帮她把文稿寄去参赛。"说到这里,姚老师抬起头看着我,问道,"那么,你到底有没有帮她寄呢?"

"我当然帮她寄了。那还是我一个字一个字替她敲进电脑里的呢。

可是……"

可是文章已经落选了,怕是什么记录都没有留下。

"如果寄的是EMS,应该会给你一张单子才对,上面会有查询号码。"

"那么早之前的东西,早就找不到了。而且就算查到邮寄记录,也不能说明什么问题啊,也许那是我寄了自己写的东西去参赛……"

"也对。"姚老师并没有露出失望的表情,脸上仍挂着从容的微笑,"那也没关系,不如联系一下主办方吧。"

"看公布结果的那期杂志上说,他们收到了几万件来稿,肯定只留下入围的作品,剩下的估计早就扔掉了。"

"那可不一定。我正好有个朋友在这个圈子里还有点人脉,她帮我联系了那边的编辑。对方说文稿确实未做保存,但是,为了做各种统计,所有的报名表都还保存在编辑部。只要推算一下是哪天寄到的,应该不难找到。"

"如果找到那张表格的话……"

"虽然没法证明你是清白的,至少能说明日记里有不可靠的成分,然后就会有更多的人愿意相信你了。"

是吗……

事到如今是不是已经太迟了?

这件事好不容易才淡出了公众的视野,我又何必画蛇添足、再提醒大家想起它来呢?更何况,就算我能证明自己替远江寄出了文稿,就真的能证明日记的作者在说谎吗?一定会有人反驳的,说我是为了伤害远江才那么说的——明明寄了却骗她说没有,只是为了伤害她而已。如此一来,岂不是显得我更加十恶不赦了吗?

就在这个时候,远江的母亲那张憔悴的脸在我眼前浮现了出来,脑海中还回荡起了她那咬牙切齿的低语。

如果真的是她伪造了日记，她又何必演得那么过火呢？如果只是为了洗脱逼死女儿的污名，真有必要把我反锁在房间里，甚至对我动用煤气，搞得好像真要置我于死地、替她女儿报仇一样……她真有必要这么做吗？

这样看来，姚老师的推测未必属实。

但是……

想到这里，我忽然感到一阵恶寒。

或许这才是她真正的计划。即便日记是她伪造的，她也一样会对我痛下杀手。这样等下去也不过是坐以待毙。

如果仅仅是伪造日记，她一样会遭到谴责。唯有动手杀害我，她才能真正博得世人的同情。不仅能洗去逼死女儿的污名，还能摇身一变，成为一个亲手为女儿报了仇的、值得尊敬的母亲。而在得手之后，只要她立刻去自首，甚至不用付出生命的代价——不，应该说只是以我的生命为代价——就换回了自己的名誉。

反正失去女儿之后她对生活已经不抱什么希望了，还不如借此机会在监狱里颐养天年……

到那个时候，所有对现实怀有不满却无法采取行动的人，一定会视她为英雄吧。而我呢，不过就是"罪有应得"，即便冤死了，也会继续被钉在耻辱柱上。

不管姚老师的推理是否正确，我都要感谢她。

如果不是她一语点醒我，我怕是到死都还天真地以为这场噩梦一定会过去的，只要耐心等待一切都会过去的。然而，等到最后，迎接我的就只有不名誉的死亡而已。

为什么就差点忘记了呢？在远江家的种种遭遇，闻到煤气时的恐惧感,拽门时筋骨快要断掉了的感觉,翻过阳台时擦过耳边的风,摔在地上之后飞起的灰尘和来自右臂的剧痛,为什么都忘记了呢?

这一切不会轻易结束的。

所以我必须反击,抓住一切机会反击,除此之外别无选择。

"我该怎么做呢?"

"我朋友已经跟那边的编辑说明了情况,我想等他们找到那张纸之后去上海一趟,当面求他们替你发表个声明什么的。"

"还是我自己来说吧。"

"也好。"姚老师苦笑着说,"我也不是第一次带咱们学校的女生去上海了。"

这时,荐瑶若有所思地看了我一眼,但最终没有开口。

"你家长会同意吗?"

"应该没什么问题。我就说是去散散心,他们也不会拦着的。更何况还有学校的老师跟着。"

"我又不是你班主任。"

"姚老师要是我们的班主任就好了。"我说。荐瑶也在一旁点了点头。

"你们也不要太信任我。我一点也不可靠。"说到这里,姚老师脸上那事务性的笑容消失了,眼中的光芒也一下子黯淡了。"只不过在某些方面比较有经验罢了。"

送走姚老师之后,荐瑶仍坐在我的床上,手里还抱着那个企鹅布偶。她低着头,脸朝向门边,轻声说了一句"太好了",像是在自言自语,又像是说给那只没有生命的企鹅听的。

"也不要抱太大希望,说不定找不到那张纸呢。"

"不，"她摇了摇头，"我是说远江她……没有背叛你。真是太好了。"

"你已经接受了姚老师的说法？"

"为什么不接受呢？"直到这时，她才抬起头，看向我这边。只见她眼中蓄满了泪水，随时都有可能哭出来。"小荻，你还不了解远江吗？她不可能做出那种事来的。嗯，这样就全都说得通了。那些诬陷你的话，一定都是她母亲编造的。"

"是啊，我了解远江……"

不如就这样吧。我也相信姚老师的说法好了。

的确，日记里有不少跟现实出入的地方，例如我根本没有催远江还书，例如她还书给我的日子不是周五而是周六，例如我实际上帮她寄了参赛稿，如果真的是远江在陷害我，恐怕没必要在这些无关紧要的地方说谎。姚老师或许是对的，也许真的是她母亲伪造了三月三十日之后的日记。这样一来，这些细节上的错谬就算都说得通了。

更重要的是，只要相信姚老师的说法，我所熟悉的远江，也不会崩塌了。

隐藏在日记背后的那份令人不寒而栗的恶意，仍盘踞在那里，没有消散，还在继续侵吞着我的生活。不过，倘若这恶意并不来自我最亲近的朋友，我也能多少好受一些，不至于太过绝望。

2

杂志编辑部那边意外地很有效率，两天之后就找到了那张报名表。姚老师和我的上海之行定在了周六。说服家长也没遇到什么阻碍。当天往返，不必住下，没几件需要带在身上的东西，一个帆布挎包就能装下。

周五晚上，姚老师特地叮嘱我，叫我打印一份远江的参赛作品带过去。我照办了。连同她的手稿一并装进了包里。

周六上午抵达上海之后，全是姚老师在带路。我只去上海参加过几次书展，除了会场附近的区域哪里都不认识。意外的是，姚老师把我领到了一幢我去过的商厦里。以前去参加书展时曾跟妈妈一起在那边吃过饭。

我跟着姚老师走进了一家咖啡馆。那里似乎也提供简便的西餐。墙上时钟的指针已经指向了十一点半，看来要在这里解决午饭了。

店里看不到我这个年纪的人，也没有人像我一样穿着用廉价面料裁成的衣服。姚老师找了个能坐下四个人的座位，安排我坐到了靠墙的沙发上。她没有坐过来，只是把包丢到了我身边，然后问了一句"你想喝点什么"。

我没去过星巴克以外的咖啡馆，也喝不惯咖啡，可是点牛奶或热可可又未免太孩子气了。对着墙上用英文写成的菜单犹豫了片刻，我最终放弃了，只好说要和姚老师一样的饮料。

然后她就去柜台那边点单了。

旁边一桌坐了两个西装革履的男人，聊着跟保险有关的话题。我斜对面的一桌坐了个打扮时尚的女人，看起来跟姚老师年纪相仿。听说姚老师也是在上海念的大学。如果她留在上海工作，周末也会坐在咖啡厅里旁若无人地敲打键盘吗？

她又是因为什么非要从这座城市逃走呢？

班里的女生大多打算考出 Z 市，除了像班长那样立志考进清华北大的尖子生，学习稍好的同学几乎都以上海为目标。姚老师当初也是这样吧？好不容易才考进了那么难考的学校，为什么要回 Z 市的母校做个图书管理员呢?

就在我胡思乱想之际,姚老师已经拿着两杯绿色的饮料回来了。

她在我旁边坐了下来。这似乎是向姚老师提问的最佳时机。

"姚老师为什么没有留在上海呢?"

"租不起房子。"她一边把吸管插进塑料杯盖,一边说道,"交完房租剩下的钱还没有在Z市工作的收入高呢。而且都是些苦差事。我没什么一技之长,也没有什么特别想干的工作,像现在这样就挺好的了,没必要留在大城市打拼。"

"我还挺羡慕姚老师的。我也想做那种每天只跟书打交道的工作。"

"嗯?每天只跟书接触吗……"说到这里她笑了。"任何工作都是要和人打交道的,而且有不少工作只跟人打交道。你以后就会明白了。"

"姚老师应该还挺擅长跟人打交道的吧?"

"工作之前我也这么以为过。后来发现根本不是这样。"

我有些渴了,想喝一口摆在面前的那杯饮料,却又觉得那绿色有些可疑,怎么看都不像是抹茶冰沙……

"姚老师,这是什么饮料啊?"

"芹菜汁。"说着,她拿起自己那杯,面无表情地啜了一口。"听说对身体有好处。"

原来如此——我默默地点了点头。

看来,姚老师说不定真的不太擅长跟人打交道。

我们在十一点五十分左右等到了杂志的编辑。看来姚老师跟他约在十二点碰头。那是个四十岁上下的男人,半数的头发已经泛白了,挂在下巴上的胡茬也有不少都褪了色。如果摘去眼镜,可能会是一副刻薄的长相，眼镜那圆滑的边框中和了他脸上所有的棱角，使他的气质显得更加沉稳，也更平凡。若不是穿了一件扎眼的夏威夷衫，应该能将自己轻易地湮没在人群中才对。

他在姚老师对面坐下之后，递了一张名片过来，上面写着名字和职务：甘州／副主编。姚老师将名片收好，又介绍了我和她自己，最后问了一句，"我们可以叫您'甘主编'吗？"

对方被这么一问愣了一下，然后点了点头，说随便怎么称呼他。

"大体的意思姚老师已经在电话里说过了，但我还是想向叶荻同学确认一下。"最低限度的寒暄之后，对方说道，"你希望我们能出面证明你的清白，是吗？"

"对。"因为不知道对方了解多少，我一时不知该从何说起，"我朋友自杀了，她在日记里说我没有帮她寄出参赛的文稿，但我肯定帮她寄了……"

"我们编辑部的人都看过你朋友的日记了。没想到征文落选会对她有那么大的打击。"

"任何比赛落选都会受到打击的。"姚老师说。

"我不知道当时是哪个编辑看了她那篇文章，来稿太多了，又都大同小异，就算是我碰巧读到了，估计也不会留下什么印象。"

"我让她把林远江的参赛文章打印好带过来了。"

听姚老师这么一说，我立刻从包里取出了那篇《哀歌》，放到了编辑面前，然后补了一句，"我把她的手稿也带来了。"

编辑说想先看看打印稿，又从手提包里取出一个档案夹，从里面抽出了一张打印纸，放在了文稿旁边。

"这是报名表的复印件。"

我拿起那张纸，确认了一番。

"是你帮林远江寄的那张纸吗?"姚老师问。

"没错,"我点了点头,"报名表是她当着我的面填的,我有印象,就是这张。"

编辑也翻开了文稿,快速浏览第一页。"嗯,题目跟报名表上写的一致,内容也跟她日记里描述的相符。我对这篇文章一点印象也没有,应该不是在我手里落选的。"

他又往后翻了一页,仍用惊人的速度扫完了一张纸,不到一分钟就看完了整篇小说。

"如果落到甘主编手里,这篇文章会落选吗?"姚老师甩出了一个有些尖锐的问题。

"她写得蛮好的,看得出读过不少书,而且全都消化了,能运用到自己的创作中去。这很难得。但是,老实说,这篇文章不管落到哪个编辑手里,应该都会落选的。"

"因为不符合'大人们的期待'吗?"我替远江问道。

他放下文稿,沉默了片刻。"不,不是我们的,而是不符合读者的期待。我们的工作只是替读者选出他们想看到的文章而已。"

"读者的趣味就是评判文章好坏的标准吗?"

"我这么说可能会让你失望,但是对于青春文学来说,确实就是这样。你这个年纪的人里面还有人愿意读小说已经很难得了,如果这个时候跳出几个以'文学专家'自居的老家伙,指责他们的趣味,那就更没有人愿意看书了。"

听到这里,坐在我旁边的姚老师欲言又止地点了点头。

他继续说了下去。"我们把这个杂志办下去,只是为了能培养一些喜欢读书的年轻人而已。总之先养成阅读的习惯,至于具体读什么,没必要立刻强求。等大家长大成人了,有了一定的阅历,自然就会开始读些更有深度的东西。青春文学的使命,只是告诉中学生们,除了游戏、影视剧、动漫和体育运动之外,还可以通过读书来打发时间。没必要让它承载太多东西。"

"但是……"我只是觉得应该反驳些什么,却也自知说不过专业人士。

就在这个时候,姚老师替我解围了,"大家都饿了吧,先点些吃的,一边吃一边聊吧。"

说着,她叫来了服务员。我吸取了刚刚的教训,没再让姚老师帮我点单,而是点了跟那位编辑一样的金枪鱼三明治。

等菜送来的时候,先开口的是姚老师:

"我在大学里修过一门讲佛经的课,用一个学期读了一遍《法华经》。里面有一段我印象很深。是说有一样珍宝,放在一个非常遥远的地方,一路上都是充满危险的荒野,没有人烟,也难以补充水和食物。一群人奔着珍宝去了,却因为目的地太远,看不到希望,纷纷准备退却。就在这个时候,为他们引路的人运用法力,在半途变出了一座城池来,告诉众人可以在那里休息或永住。于是大家又打起精神,历经艰险到达了那座幻化出来的城池……"

"是《化城喻品》吧?"编辑显然也读过。

"好像是。"姚老师说,"我在想,这个比喻是不是也能套用到青春文学上面去呢?如果一开始就把那些大部头的严肃作品甩给中学生,只会让他们望而却步的,所以要先从简单易读又能引起共鸣的青春文学开始,然后,总会有人继续前进的。"

"没错,这就是我们办刊物的理念。"

"可是……"

服务员适时地送来了我们点的菜品,打断了姚老师的话。但我多少能猜到她后面想说些什么——可是，那终究是一座幻化出来的城池，说到底根本就不存在啊。即便是充满善意的谎言，也仍是对读者的欺骗，让他们误以为自己已经一脚踏进了文学的殿堂，以为能凭借一股才气在这里闯出一片天地。可是到头来，对他们敞开大门的，却只是一座海市蜃楼般的幻城。

然后，在整整一代人的心目里，"文学"也随着那座幻城一并倒塌了，从此变成了一个十足幼稚而可笑的字眼。对此，你们这些编辑就不必负责吗？

而更让我感到愤怒的是，即便在这座幻化出来的城池里，也没有属于远江的尺寸之地。

用餐中，我本想再问问这篇《哀歌》为什么无法满足读者的期待，姚老师却跟那位编辑聊起了工作上的事情，我不想打断他们，也插不进话，就默默地吃着三明治。等服务员把空盘端走之后，编辑又提起了有关远江的话题。

"你和林远江不是朋友吗，她为什么要陷害你？"

"我也想不通。姚老师说日记的后半部分可能是远江她母亲伪造的。"

"只要有足够的样本，采用拓写的方法，伪造笔迹一点也不困难。"姚老师替我解释说，"大多数的字都能在前半部分的日记里找到，找不到的也可以用偏旁部首来拼凑。而且林远江的字非常有特点，就算不用拓写的方法也不难模仿。"

"但是每个人用笔的习惯不太一样吧？就算字形写得一模一样，起笔收笔的习惯也好，笔压也好，一做笔迹鉴定就立刻暴露了。"

"只要不做笔迹鉴定就好了。日记原件在林远江的母亲手里，只要她不提交给警方，就做不成笔迹鉴定了。而拍照上传到网上的版本，大家只能看到字形，根本无从判断是否出自林远江的手笔。"

"姚老师真不愧是那位推理作家的朋友。"编辑笑了笑，看样子没把姚老师的猜测当回事，"关键是，有什么证据支持你的猜测吗？"

"没有啊。日记里有一些跟事实相违背的地方。叶荻是否帮她寄出了参赛稿就是其中一例。但是，这也不能用来证明日记是伪造出来的。也许只是林远江说谎的技术太差了。不过我在意的不是这个。不管日记是不是林远江写的，至少我从中看出了一个结论，那就是叶荻是被诬陷的，她没有做过那些伤害林远江的事情——只要能证明这一点，还叶荻一个清白就可以了。至于究竟是谁、出于何种理由陷害她一类的问题，暂时不必过问。"姚老师说到这里稍稍停顿了片刻，"所以需要你们编辑部的帮助。"

"可以是可以。姚老师都把话说到这个份儿上了，我们也不可能见死不救啊。但是只有报名表肯定是不够的。"

"嗯，我也知道只靠一张报名表肯定不能翻盘。"

"这件事对我们来说也有一定的风险。万一处理不当，可能也会损害杂志的名声。"

是啊，有可能让你们背上跟我串通一气的污名。

毕竟，要伪造这么一张报名表实在太容易了。反正已经有人给我贴上了"官二代"的标签，反正在他们看来，利用权力给一个杂志编辑部施压应该没什么难度……

"我明白了。"姚老师若有所思地点了点头，"一张报名表不够分量的话，就把那篇参赛稿也一起公开吧。最好再放上一张手稿的照片。这样就能显得更可信一些了吧？虽然就逻辑而言，附上这些东西也不能证明什么，但是在观感上，显得好像多了很多证据一样。"

"嗯，我觉得可行。"

"这样真的好吗？"反倒是我犹豫了起来，"发表远江的遗作，是不是得征得她母亲的同意才行……"

"这确实是个问题。"编辑皱了皱眉，又用右手扶了扶眼镜。"不过，她把这篇文章投过来参赛，也就相当于投稿了，登在杂志上应该没什么问题。而且报名表上写了她的地址，我们可以通过邮局把稿费汇给她。但是直接贴在网上就不好说了。"

"那就替她发表在杂志上吧。"姚老师说，"就当是完成她的生前的愿望了。"

"如果叶荻同学觉得可以的话……"

本来就是我要求人家帮忙，对方已经答应了，我又怎么可能拒绝呢？

"那就全都拜托您了。"我从包里再次取出那几张打印稿，犹豫了片刻之后，把远江的手稿也一并拿了出来。

他拿起那沓打印稿，放进了自己的手提包里。

"手稿还是你留着吧。我拍个照就好了。"说着，他取出手机对着最上面的那张纸按下了几次快门。然后把手稿重新对折好，还给了我。"我跟主编商量一下，明天加个班，应该能赶上下周五出刊。到时候我们会用官方账号把报名表和手稿的照片发在网络平台上的。希望能帮到你。"

和杂志编辑分开之后，姚老师说想顺便去福州路一趟，还说以前经常跟朋友一起去那边的书店。远江出事之后，我就再没去过书店，连自己书架上的书也不碰了。原本用来读书的时间，不是浪费在上网查看别人如何咒骂自己上面，就是在无谓的苦恼和感伤中度过了。可是，跟着姚老师走进一家挤满人的书店之后，还是感到胸口很压抑，连着深吸了几口气，仍觉得有些缺氧，手脚也麻木了起来。姚老师也察觉到了，领着我走出那家店，穿过马路，到了一家客人少一些的、专卖美术书的店里。

"想起林远江了吗？"她一边从最近的书架上抽出一本埃贡·席勒的画集，问了一句。

"以前跟她一起去过书店。"

她把那本画集随便翻到中间的某一页，看了几眼，又插回了架上。"我看她日记里也写了。"

"姚老师。"我把声音压得尽可能低，生怕让我们身后来来往往的客人们听到。"我到底该不该相信您的判断呢？"

"我的判断？"

"日记……后面那些日记是远江的母亲伪造的……"

"该不该相信我，那要你自己去判断啊。我总不能命令你说'你必须接受这个结论'吧？"

"远江是我最好的朋友，我应该相信她才对。应该相信她不会做出伤害我的事情。所以也应该接受您的说法——远江是无辜的，一切都是她母亲的伎俩……但是我，心里还是很不安。我还是在怀疑远江……没法再把她当成最好的朋友来信任了……因为我发现自己不了解她……"

"为什么说自己不了解她呢？"

"不了解就是不了解啊。"连我也察觉到自己的声音变得沙哑了起来。"我连她为什么自杀都想不通……她那天下午明明还跟我有说有笑的，为什么突然就……"

"我明白了。"姚老师叹了口气，"你觉得自己被林远江背叛了两次，第一次是她的'不告而别'，第二次才是日记里那些诬陷你的话。

即便那些话不是她写的,你还是不能原谅她,是这样吗?"

我点了点头。

真是讽刺啊。这一个多月以来都没能理清的思路,竟然被姚老师一语道破了。

"人与人相处就是这样的。面对别人的时候,就像面对一个个望不到底的、黑洞洞的深渊。当然,别人面对你的时候也是一样的。我经常有这种感觉。你最信任的人也可能做出远远超出你的预想的行动,而你任何一个未经深思熟虑的言行也都有可能伤害到别人。深究别人的想法,就像把两面镜子对着摆在一起,永远也看不到位于最深处的虚像,猜忌了半天都是白费工夫。还是早点放弃为好。"

"姚老师,您又开始说教了。"

"谁让我是老师呢,虽说只是图书室的老师。"她苦笑着说,"就像刚才我们遇到的那位副主编,你觉得他为什么愿意帮我们呢?"

"为什么呢?"

因为进展太顺利,我一时竟以为得到帮助也是理所应当的。

"他的话已经说得很明白了,说这件事有风险,可能会损害杂志的名声。这话背后的意思就是,这件事必须有让他们承担风险的价值才行。"

"什么价值?"

"他们想要林远江的那篇参赛文章。虽然有点晚了,但大家还没把这件事完全忘掉。林远江的事情闹得最火热的时候,网上有不少人讨论到他们办的征文比赛。如果这个时候在杂志上登出林远江的参赛文,一定能博得不少人的关注。相当于蹭了个热点,做了免费的宣传。"

"所以当时您立刻提出说可以把远江的文章发在杂志上……"

"读书人都很要面子的。这种事情,还是由我们这边来开口比较好。"

"您是不是想得太多了。也许对方只是单纯地想帮我而已。"

"但愿是这样吧。"她说,"真羡慕你还能像这样带着善意揣测别人。"

"您会带着恶意来揣测我吗?"

"当然不会了。虽然跟你接触得不多,但我已经确信了,你是个好人。"

"姚老师……"

话到嘴边,忽然有点想笑。

明明就在一两分钟之前,鼻子还酸得要命,眼泪也要流出来了。但我要说出口的这句话真是太好笑了,让我一时间忘记了面对他人的无力感,忘记了远江至少一次的背叛,也忘记了这一个多月来的煎熬。

"您也是个好人。"

3

"对了,日记里还有什么跟事实相冲突的地方,都可以调查一下,说不定还能找到像报名表这样的证据。"

在火车站坐上开往不同方向的巴士之前,姚老师和我说了这么一句话。所以回到家之后,我又把日记的后半部分反复读了几遍。我在三月三十日催她还书一事虽然有悖于事实,却不可能留下什么物证。另一个最明显的漏洞则是远江把书还给我的日期。我记得那天下着雨,她是在商场一进门的地方把书还给我的……

——还书的那一幕说不定被商场的监控录像拍了下来!

为什么没有早些想到呢?过了这么久,当时的监控录像应该早就被删掉了。

就在我为此懊丧不已的时候，荐瑶打电话过来了。听了我的这些想法，她安慰我说不要想得太悲观，总之先去问问看。还说愿意陪我一起去。

我们约在周日下午两点到商场门口碰头。

以往总要迟到二十来分钟的荐瑶，这次到得比我还早。就在我烦恼着如何向保安开口的时候，荐瑶向我展示了她那精湛的演技。她告诉保安说，自己最近几个月被人尾随跟踪了，想向警方求助，苦于找不到证据，忽然想起一个月之前来过这个商场，当时的监控录像可能拍到了跟踪狂的长相。

保安说去帮她问问负责监控录像的同事。在他离开的期间，我夸奖荐瑶有做演员的天分，结果挨了她一记粉拳。

只可惜，保安回来之后告诉我们说，录像只保留两周，现在已经来不及了。

失望之余，我跟着荐瑶走进了旁边的咖啡馆。

"你在这里请远江喝过咖啡，对吧？"在一个角落里的位置坐好之后，我说。

"是啊，还谈起你来着。"

"她在日记里说你喜欢议论别人，是不是就是因为这个呢。"

"那我真是被冤枉了。远江还活着的时候，我没怎么跟别人议论过她。"荐瑶把领取饮料要用到的票据对折再对折，最后攥在了手心里，"反倒是你们，有没有在背后议论过我呢？"

"没什么印象了。就算有过也不是我挑起的话头。"

"这我倒是相信。"

就在这个时候，柜台那边的服务员念叨了我们的号码，荐瑶一边站起来,一边把那张叠成小方块的票据摊开,一路小跑着过去取来了饮料。这时,我忽然想起,远江曾有一次跟我聊起过荇瑶。等她坐下来之后我才开口:

"我想起来了。她有一次问起过,问我你为什么那么喜欢动漫。"

"你怎么回答她的呢?"

"忘了。可能随便应付了一句。你喜欢一样东西的理由,我怎么会知道呢?"

"看来她是对我的爱好颇有微词。"

"那倒也没有。她就是觉得,动漫作品里的角色都有点不现实,有的还不太像人类。"

"嗯?指的是那种每句话后面都要加个'喵'字来卖萌的角色吗?"

"她说里面的人物对各种事情的反应都太夸张了,也太直接了,而且很模式化。现实中的人总会掩饰一下自己的真实想法,不会那么原原本本地表现出来的。"

"我可能就是喜欢这一点吧。如果所有人都直截了当、简单易懂就好了。总要猜测别人的想法,分析别人的性格,不是很累吗?"

"确实很累。"我近来倒是深有体会。

"你和远江喜欢看的那种小说,读起来也很累的。字里行间都透露着各种信息,每个角色都话里有话,他们的性格也复杂多变到需要写论文来分析的程度。平时跟那么多人打交道就已经很烦了,读本书消遣一下,又何必再体验一下这种麻烦呢?"

"远江平时又不怎么跟人打交道。"当然我也一样。

"这倒也是。而且我发现,"荇瑶说,"现实里的人,也不是真的都像小说里写得那么难懂,大多数人反倒跟动漫角色有些像。虽然动作表情不会那么夸张,但大都可以被简单归类。"

"你是什么类型的?"

"'宅女',不过是比较擅长跟同好交流的那种。"

"我呢?"

"教科书般的文学少女。"

"那远江呢?"

"也是文学少女,只不过比你更孤僻些。"

"你这个分类好像也没什么意义啊,我和远江显然不是同一种人。"

"或者说,你比较知性,她更加感性一些。"说到这里,她就像个每句话都以"喵"结尾的动漫角色一样,蓦地扑倒在桌上,险些把手边的咖啡给碰倒了。"我放弃了,实在编不下去了。"

我摸了摸她的头顶,然后默默地喝完了那杯奶昔。

"能再陪我一下吗?"我说,"我想去学校那边一趟。"

"我没问题。"

荐瑶挺直了腰板,盯着我看了几秒钟。她眼中有少许的不安。或许在荐瑶看来,尽管现在是周末,我这个休学在家的人还是不要去学校附近为妙。

然而我却有非去不可的理由。

我从包里取出了那本远江还给我的《尼各马可伦理学》。

"日记里说这本书是她从学校附近的书店里偷来的。如果真是这样,那就是赃物了。我觉得得把它还回去。"

听我说完,她叹了口气。"真是服了你了。我刚想起来,之前跟远江说起过,她好像还记到了日记里——小荻,你的'属性'不是文学少女,而是那种一板一眼型的角色,动画里的班长、学生会长、风纪委员基本都是你这种类型的。"

"我这种人在动漫作品里也会被班里的同学欺负吧?"

荠瑶想了一会儿，可能是在检索大脑里的数据库，而她的结论是"好像真的是这样"。

学校附近的那家书店，主要经营教辅书，也兼卖文具。文学和学术类的书也摆满了一整排，但更像是为网店而准备的存货，新书旧书混杂着摆在一起，依品相定折扣。以前放学后来这边，还遇上过姚老师。当时她拿着一本破旧的诗词注本去结账，还跟店主说那本书已经放了十来年都没人买怪可怜的。看样子在她念高中时，这家店就已经开在这里了。

来到店门口，心跳登时快了起来。我不知道店主是否关注了那些新闻，如果关注了，又是如何看待我的。

虽说我也曾是这里的常客，但也只是经常到这边来站着看书而已。真的掏钱买书，只有那么两三次。所以就算他记得我，只怕也不会是什么好印象。

万幸的是，现在店里没什么客人。见我一脸不安地站在店门口，荠瑶拍了拍我的肩膀。我和她一起走进了店里。

进门朝左一拐就是柜台，一个年轻的店员正坐在那里，对着一张单子敲打键盘。我们凑到前面，他也没有把头抬起来。我之前见过几次这个店员，他不是在填写快递单，就是为快递打包。平时都是店主坐在柜台后面。

"你们老板今天不在吗？"我问他。

"他去进货了，估计得六点之后才回来。找他有什么事吗？"

"有本书想还给你们。"

"我们这儿又不是图书馆，还给我们干什么？"说到这里，他像是忽然想到了什么，有些懒散地点了点头。"是不是书有什么质量问题想退换？"

"不是。"我从包里取出那本《尼各马可伦理学》。"这本书是我朋友从你们这里偷来的。我想替她还回店里。"

他将信将疑地把书接了过去，端详了片刻之后，放在了桌上，然后把书名敲到了电脑里。

"我们没丢过这本书。"

"没丢过是说……"

"你是不是搞错了？我们店一月进过一本，四月卖掉了。记录都在这里，肯定不是从我们这里偷的。"

不是从这里偷的？

远江在日记里明确说是跟我一起去过的书店，那就只可能是这家了……

我忽然明白了，从店里偷书也是编造出来的故事。

除去最后一天的"欺凌"之外，偷书的情节是日记里最富于戏剧性的部分。如果能证明这一情节只是杜撰，整本日记的可信性无疑会大打折扣。

如果书店的人愿意替我做证的话，就又能戳穿日记里的一个谎言了。

"四月几号卖掉的？"

"我看看啊……七号。"

七号……七号……七号……

"七号是周几？"荐瑶替一时失语的我问道。

店员一脸不耐烦地咂了咂嘴，点了几下鼠标，然后回答说"周五"。

没错，四月七日，周五，正是日记里说被我勒索的那天。

"是中午卖掉的吗?"我问。

"是中午,一点十二分。怎么了?"

原来如此,远江是在周五中午买到了那本《尼各马可伦理学》,所以才会在周五放学时约我第二天见面、说要把书还给我。

根据这条销售记录,我终于能揭穿日记里最后的、也是最过分的那个谎言了。

按照日记的说法,远江是在午休时把三本书还给我之后受到了勒索。如果她在一点十二分才买到这本书,距离打预备铃只有十来分钟了。她要是立刻赶回来,倒是来得及把这本书连同另外两本一起还给我,但剩下的时间根本不够让我们发生那么多对话,更不够她一个人在后院"默默地哭泣"。

也许会有人反驳说,在这家店买下那本书的人不一定是远江。

的确,严格说来也有可能不是她。但是日记里提到的偷书的地点是"之前跟α一起去过的书店",而在刚放寒假时的日记里明确写了"和α一起去了学校附近的书店"。学校附近的书店就只有这一家。不论如何,偷书的情节一定是谎言,而日记里杜撰的偷书地点,那段时间又正好卖掉了一本《尼各马可伦理学》,这未免太巧了。

如果把这些证据摆在公众面前,除了少数以吹毛求疵为乐的"理性派",其他人恐怕都会信服的——日记里充满谎言,我遭到了诽谤中伤。

荐瑶显然也意识到了这一点,她取出手机,问店员能不能给销售记录拍张照片。对方面露难色,说需要请示店主,又问了一遍"到底怎么了"。这不是三言两语就能解释清楚的事情,但也只能尽力去解释了。

"我朋友自杀了。她在日记里说从你们店里偷了这本书。我们想证明她的清白。日记里还说我在四月七号午休时欺负了她。我们也想证明我的清白。"

然而,那位店员并没有了解来龙去脉的兴致。他的答复只是"不如等我们老板回来你们直接和他讲吧"。

看来也只好这样了。我抱起那本书,又道声了谢。和荐瑶一起离开书店之后,我立刻拨通了姚老师的电话。号码是她前几天来我家做客时给我的。

听了这个消息,姚老师先说了句"太好了",沉默了一会儿又补了一句"是不是有个成年人出面比较好"。这个"成年人"的最佳人选当然就是她自己了。

"姚老师方便过来吗?"

"我过去要四十分钟。你们要等我吗?"

"店主回来要两三个小时呢。"

"那就找个地方坐下来等吧。"姚老师提议说。我和荐瑶商量了一下,决定去附近的快餐店坐到晚上六点,也跟姚老师说在那边碰头。

挂断电话,我总算松了一口气。有姚老师在就不必担心了。她跟店主是多年的老相识,说服对方应该没什么难度。然后,让妈妈联络北京那边的媒体,让他们报道真相就好了。网上那群等着看"反转"的人,自然会扩散这个消息。同时,杂志编辑部那边也会替我做证,证明日记里的谎言远不止一处⋯⋯

转机来得太轻巧,我心里一点实感也没有。

过一会儿见到姚老师,我一定要好好感谢她。

若不是她的来访,我很可能会继续困守在房间里,不敢踏出家门一步。尽管直到现在,我还没能完全接受她的那个假设。

站在路口等信号灯变绿时,有个穿着我们学校校服的女生站在我旁边。马路对面也有两个身穿校服的男生在等。过一会儿坐在快餐店里，只怕要遇到更多学校里的人。但我已经不在乎了。就算被认出来也无所谓，被议论也无所谓，那至少说明还有人关注着这件事，到了下周，他们也不会错过这件事的最新进展。

忽然有一阵急促的脚步声从我身后传来。

现在又不是绿灯快要变成红灯的瞬间，何必那么着急呢？我正诧异着，忽然意识到自己一时忘记了什么……

——且不论那究竟是出于仇恨还是算计，那个人还没打算放过我。

我还没来得及闪避或回过头去，就有一双手在我背后猛推了一把。急刹车的声响从我耳边擦过，然后是荇瑶的尖叫声。

幸好我很快就失去了意识，并没有觉得特别疼痛。

4

我和远江各撑着一把雨伞，在桥中央，面对着栏杆和浑浊的河水，并排而立。就是那座我周六送她回家时一定会经过的桥。

雨脚绵密得让人透不过气来。远处还隐隐能听到雷声。

我仍然撑着那把用了好多年的折叠伞，伞骨已经扭曲生锈了，却一直没舍得扔掉。远江平时骑车上下学，我几乎没见过她使用雨伞的样子。此时正为她挡雨的，是把鲜艳得有些大胆的红伞。伞翼很大，就算在下面站三四个人也不成问题。

"你应该有很多话想问我吧？"

因为各自撑着伞，我们离得有些远。她的话音穿过雨幕和沉重的空气传到我耳中时，已经变得像危重病人的呼吸声一样微弱了。

可是我知道她说了些什么。

"想问的太多，反而不知该从何问起了。"我说，"那些诬陷我的话，是你亲笔写下来的吧？"

我用余光瞥见她点了点头。

"果然是这样。姚老师怀疑是你母亲在陷害我。但我一直有个感觉，那些话一定都是你写的。虽然里面有那么多和事实相出入的地方，如果真是你的手笔，说谎的水平未免太拙劣，但我还是相信那就是你写的。"

"也是啊，你是最了解我的文风的人。"

"嗯，比任何人都了解。"说出这些话的时候，我心里意外地没有泛起任何波澜，平静得就仿佛是在念天气预报。"也比任何人都喜欢。"

"说不定我比你更喜欢呢。"

"你不是那种自恋的人。你在日记里反而写了那么多自虐的话。"

"我也想不通，为什么会有这么矛盾的想法。"她朝我这边看了一眼，"自从你们劝我写小说之后，读书变成了一件很折磨人的事情。看到那些经过时间淘洗留下来的经典作品，我真的很难受。那些作家为什么写得那么好，我很羡慕他们，也怨恨自己。但是，如果只看自己写的东西，又会陶醉在里面，误以为自己真写出了什么了不得的东西。现在回想起来连我自己都觉得很恶心。"

"抱歉，这种感觉，我体会不了。"

"所以我才很羡慕你啊。只是享受阅读的乐趣，不会因为动笔写东西而一再受到屈辱——明明劝我动笔的就是你。"

"这就是你怨恨我的理由吗？"我转过身，面对着远江。"我跟荐瑶一起劝你写东西，但是她也在写小说，也受到了挫折，所以你不怨恨她，是吗？"

"方荐瑶这个人还挺好懂的。明明是自己想给校刊投稿，想去参加征文比赛，却硬要拉上我。我从一开始就看出来了。不过，你既然读了我的日记，应该明白才对。"她停顿了片刻，眼睛仍直勾勾地盯着几米之外的雾气。"我并没有那么讨厌你啊。"

"那你为什么要陷害我呢？"

"我确实说了谎。但那不是为了陷害你。我也知道这么做会伤害到你，把你的生活搞得一团糟，还会把那个老女人也卷进来。但是这不是我的目的，只是一种'手段'罢了。"

原来如此，原来让我遭遇欺凌，让我休学在家，让我名声扫地，让我整日沉浸在悲愤和猜疑里，最后还让我横遭毒手，都只是一种"手段"——只是顺便而已。这远比出于怨恨而处心积虑地陷害我更糟糕。

远江只是出于别的目的"顺便"践踏了我的人生。

原来在她眼里，我非但不是朋友，连仇敌也算不上，只是像铺路的石子一般的存在，至多也不过是一颗射向别人的子弹。

如果她要报复的目标不是我，那就只能是那个人了。

"我明白了。"对于这个答案我唯有苦笑，"你这么做，是为了让你母亲成为字面意义上的杀人凶手，对吗？她把你逼上了绝路，一定会被贴上'杀人凶手'的标签，但那也只是一种比喻。你想让她受到应得的惩罚——因为杀人的罪名而被逮捕，所以才陷害了我，是吗？因为你知道，只要留下那样的日记再自杀，你母亲一定会报复我的。"

"不是的。"她摇了摇头，"我的确很恨她，但是事情发展到现在这一步已经超出我的预料了。我真没想过她会对你动手。我以为她只会联络媒体，然后公开我的日记。"

"你特地在日记里写了我的名字……"

"对，你的名字真的是我特地写上去的。只要写上你的名字，那个老女人就一定会公开我的日记，因为日记里白纸黑字地写着'凶手'的名字，这是决定性的证据。"

"你希望别人看到自己的日记？"

"为什么不希望呢？写都写了。没有人看到岂不是太可惜了。"说到这里，远江的嘴角微微扬起。我不想把它理解为胜利的微笑，却也想不出其他的解释。"我在日记里还提到了校刊的事情。如果日记被全文公开了，就一定会有咱们学校的人把我发在校刊上的文章也传到网上去。还有就是那篇参赛文……"

"所以你在最后一天的日记里，写我威胁你的时候，特意提了一句征文的事情，对吗？"

"是啊，这样一来，即便那个老女人只公开了最后一天的日记，大家也一定会注意到征文的事情的。"

"而且那是句彻头彻尾的谎话。你明知道我替你寄出了文章和报名表。就一点也不怕我戳穿你的谎言吗？"

"戳穿了岂不是更好吗？如果杂志编辑部那边还保留有《哀歌》的打印稿，他们为了替你做证，一定会公开全文的。即便他们那里没有，你手里也有我的草稿。你为了自证清白，也很有可能在公开邮寄记录的同时，把文章也一起公开。如此一来，日记、发在校刊上的文章、参赛文，我升上高中之后写的所有东西就都会被人读到了。只是很可惜，周记本被那个老女人撕了。"

"这就是你的目的吗？为了让自己写的东西被更多人看到……就为了这种理由陷害了我？"

"你要是觉得这个理由还不充分的话，我可以继续往下编。"

"不，已经很充分了。"反正我已经明白了，我的感受也好，名誉也好，乃至是我这条命，在远江看来根本就毫无价值，可以随意践踏。

所以不管她给出的理由多么荒诞不经或是微不足道，都能让我信服。

"你的目的已经达到了。"

"我确实想让更多人看到自己写的东西，但不止是这样。"

"我明白，肯定不止是这样。"我再次苦笑了起来，"你想让他们看到你的全部——你的人生，你的死亡，这起事件本身，你都希望能被大家看到。而你的日记也好，小说也好，都只是副产品罢了。"

"毕竟，过了十几年那样的生活，很难受的……从五层楼跳下去也很难受的。我活得这么辛苦，又死得这么难看，不该被更多的人知道吗？"

"为此非要陷害我不可吗？"

"嗯，非要陷害你不可。中学生自杀的新闻太常见了，更何况说不定还会被当成事故来报道呢。谁都不会注意到的。"

"但是校园欺凌的新闻也并不罕见吧？"

"也不罕见，你说得没错。我的死，不管是因为家庭的压力，还是因为朋友的背叛，其实都再平常不过了，甚至没法成为茶余饭后的谈资。我们这个年纪的人死了，真相总归是很俗套的。既然如此，那就在过程上做些文章吧，让我的死变得更复杂一些，给人一点猜测的空间——我就是这么考虑的。"

看来，远江的确有写作方面的天分。

只不过她把这天分用错了地方。

"我发现，相比真相，大家希望看到的是'反转'。"远江轻描淡写地说，"就像姚老师喜欢的推理小说一样，没有'反转'就很难成为经典。一条社会新闻也是一样的。如果直接给出真相，不管故事多么有冲击力，也不会给人留下太深的印象的，热度也不会持续太久。只有不停地'反转'，才能一直被关注。所以我特地准备了几个再明显不过的漏洞，就是为了给你反击的机会。"

"那还真是让你费心了。"

"起初只是中学生自杀的新闻，然后由我母亲甩出校园欺凌的'真相'，再由你来戳穿这个谎言，到最后也没有人能理解我为什么要这么做，只能一直猜下去——这样的剧情不正是大家最喜闻乐见的吗？"

"可惜这个故事没能按照你的剧本发展下去。一下子就变成了最狗血的复仇剧。"

"也没有偏离太多。那个老女人一旦对你下手，警方就会介入调查，然后，他们一定会发现你并没有勒索过我，一切都是我的谎言。这个真相被公布之后，还是会引起大家的讨论。因为这件事情里自相矛盾的地方太多了，不可能轻易得出结论的，他们还能继续讨论一段时间……"

"你错了。远江，你把别人想得太笨了——也可能是想得太聪明了。说到底，谁也不会在你身上浪费时间的。要给你制造的谜团找个合理的解释，其实再容易不过了。我现在就可以说出一个能让所有人信服的真相。"说到这里，我深吸了一口气，"你有受害妄想——一切都是你的妄想，自己信以为真了，就写进了日记里。这是所有人都能接受的解答。"

"的确……"

"不管你是出于怎样精心的算计、抱着怎样的决心或恶意，才写下了那些诬陷我的话，只要给你贴上'受害妄想'的标签，你的苦心就会被一笔抹杀掉了。没有意义的，你临死之前编造出来的那些谜团，那些自相矛盾的证据，根本难不倒活着的人。大家会立刻忘记你的。以后学校里的人谈起你，也只会觉得你'脑子有病'。这就是你想要的结果吗？"

"就算是这样也已经足够了。相比只出现在地方报纸的一个小角落，事情闹到现在这一步也已经足够了。"

"牺牲了自己的性命，还把我也牵扯进来，换来的只是一度成为舆论的焦点，然后被永远地忘掉，你很满足吗？"

"那你告诉我，我到底是为了什么才出生，又为什么受了这么多苦，究竟是为了什么呢？至少，做了一次新闻热点，也给活着的人布置了一些谜团，我就可以骗自己说，我的出生也好，痛苦也好，并不是毫无意义的——我就是为了在最后的最后被成千上万的人关注才出生的，就是为了这样的一场表演才忍受到现在的。否则的话……到底是为了什么啊……"

"你的人生还根本没开始。你迟早会离开那个家的。为什么不再坚持几年呢？"

"没用的，小荻，真的没用的。什么人生还根本没开始，什么迟早会离开那个家，这种漂亮话我早就不信了。我活下去，只有一种可能性，就是变得跟那个老女人一模一样。不管你相不相信，我很清楚，自己一定会变成她那样的。她也不是从一开始就是这个样子。初中的时候碰巧听亲戚谈起过。听说她中学时成绩还不错，但外公外婆死活不让她读大学。高中毕业时有个去上海做银行职员的机会，他们也不让她去，非要她留在Z市，去一家效益不怎么好的工厂上班。她在单位交了个男朋友，也被拆散了，最后跟外公外婆安排的对象结了婚。听说我父亲人很老实，我外公外婆却总嫌他挣得太少，非要他下海经商。我父亲不是那个料，丢了工作又赔了钱，结果他们翻脸不认人，让我妈跟他离了婚。然后留下了我这么一个累赘。他们把她的生活全都给毁了，到头来还总拿她跟她的同学比来比去的，说什么'人家都事业有成、家庭和睦，再看看你'。外公外婆是在我小学的时候去世的。我还依稀记得,小时候每次跟那个老女人一起回去,他们一直在训她,挑她的不是。这就是我的未来——我逃不出这个诅咒的。以后一定会变成她那个样子的。就算拼命学习又有什么用呢,万一那个老女人不许我报考Z市之外的大学,考再高的分数也都是白费。就算我读了大学,她也一定会干涉我的婚恋吧?可是,等我到了三十岁还嫁不出去,还不是一样要整天骂我。我真的不敢想象自己变成她那副样子——但我一定会变成她的。"

"你愿意这么想是你的自由。对不起,我说服不了你。如果你早点告诉我这些,在我们还是朋友的时候告诉我,我会跟你一起想办法的,想想怎么逃出你母亲的控制、如何更有策略地争取自由。我肯定会尽我所能帮助你的。但是现在已经太晚了。"

"你的确帮了我。是你帮我下了决心。我早就受够了,但就是鼓不起那个勇气来。"她把头扭向另一边,"为了买本新书还给你,我偷了家里的钱。那个老女人迟早会发现的。很可笑吧,我就是因为这种理由才下了决心。而且,你发现书变成了新的,一定会问我原因的,我也不知道该怎么面对你。我后来越想越觉得委屈。你有整整一架子的书,而我却要为了买一本书还给你而冒这么大的风险,那个老女人一定不会放过我的……"

"到头来你还是恨我。"我说,"你就说把书弄丢了,我肯定会原谅你的。"

"是啊,你肯定会原谅我的。但是,我到底做错了什么呢?有那样的家长,也不是我的责任啊。明明没做错什么,却要低声下气地恳求你的原谅,这未免太不公平了。"

"对不起。"

"为什么要向我道歉?明明是我害了你。"

"我如果早点注意到就好了。"

"没用的。我最害怕的就是被你知道我在那个家里过着怎样的生活，都上了高中还会被家长像小学生一样管教。我根本不希望你察觉到。"

"那我到底该怎么办才好呢？试图去了解你，就会伤害到你。装作什么都不知道，就根本不可能帮你，到头来还是被你憎恨。我到底该怎么做才不会让事情变成现在这个样子？"

"当初不来跟我搭话就好了。为什么不让我一个人在教室一角自生自灭呢？"

"没有别的办法了吗？"

她没有回答我，而是先把伞柄搭在肩膀上，朝我这边转过身来，和我对视了几秒钟之后才摇了摇头。我在她眼中看不到丝毫的悲伤和愤怒。我看着那张熟悉的脸，却像是在美术课上观察着一个摆在桌上的石膏头像。

"时候不早了，我送你回去吧。"

说着，她从我身边绕过，朝着桥的一头走去。虽然不知道会被远江领到哪里，我还是习惯性地走在了她身边。

在我的记忆里，那是通往市图书馆的方向。商业区也在那边。以往就算下着雨，也能看到和旧城区格格不入的高楼。现在却只有雾气环绕着整座桥，远处的一切都仿佛不存在。

桥上一辆汽车也没有，只有我们两个行人。

雨点仍像那天的一样焦急，然而我和远江再也不可能同撑一把伞了。

"代我向姚老师问好。"

快要走到桥头的时候，远江说了这么一句话，然后就止步不前了。

我却没有跟她一起停下脚步,一个人走到了迷雾的边缘,雨伞的前半部分已经隐没在雾气之中了。我赶忙转身,只见远江仍站在原地。

她没有向我挥手告别,只是轻轻点了点头。

她转过身,朝着桥的另一端走去了。

我本想目送她走完全程,眼皮却越来越沉重,才看着她走出了几步,就彻底闭上了。起初,她的背影还烙印在我那一片漆黑的视野里,几秒钟之后也就荡然无存了。等我再次睁开眼,看到的就只有一面惨白的天花板。

我感到有泪水从眼角滑向耳边。

这应该是我最后一次为远江流泪。

尾　声

　　据医生说，我的伤完全康复要三个月。如朱老师所愿，我必须休学至新学期开学了。手术后第二天，她也象征性地来看过我一次，然后就再也没出现过了。在那之后不久（一直躺在床上，时间观念也有些模糊了，应该是一周之内的事情），我的污名总算被洗清了。

　　因为远江她母亲的杀人未遂，警方介入了调查。他们不仅确认了书店的销售记录，还在那本书上查出了店主的指纹，从而证明远江就是在四月七日中午从那家店买下了它。这些调查结果已经公之于世，再也没有人相信日记里的谎话了。

　　不过，警方的调查带给我的也不都是好消息。

　　经过严格的笔迹鉴定，警方已经证实，那批日记从头到尾都是远江亲笔写下的。这也就意味着姚老师的"伪造说"不攻自破了。

　　我的直觉没有错，是远江在说谎陷害我。

　　至于理由，仍是个谜。

　　我没有把那天梦到的"解答"说给任何人听。毕竟那只是个梦，我梦到的远江也只是存在于我的记忆和想象中的她。梦中她所描述的她母亲的过去，也像是把我一个亲戚的经历和我曾在书里读到的故事杂糅在了一起。至于那个答案，也只是我自己的答案——它可以说服我，但我并不指望用它说服任何人。

听荠瑶说，网上的人并没有往"受害妄想"的方向去想，而是一致认定远江嫉妒我有个美满的家庭，也嫉妒我家相对宽松的教育。这是他们的答案，能说服他们自己，那也就足够了。

而我现在，更关心的是姚老师还会提出怎样的见解。尽管她之前提出的假说已被证明是错的，但我相信，以她的性格绝不会就此作罢。而且，她的看法对于我来说，比任何人的见解都更有参考价值。

除了我父母之外，来医院探视最勤的要数荠瑶了，其次就是姚老师。她每隔两三天就会过来一次，为我带来几本学校的藏书，再把我看完了的书带走。

姚老师第一次来看我时，我和她说想把远江借过的书一本一本看完。这只是句玩笑话，她却当真了，真的按照远江的借阅记录拿书到医院来。有些书我之前碰巧也读过，还是会快速重温一遍，仿佛是一种仪式。当然，我也从不指望读完这些书就能理解远江的想法，乃至悟出什么真相。

最近我才发现，自己也曾羡慕过她在课上读闲书的勇气，一如她也曾羡慕过我。

我现在刚刚进行到她九月底的进度，出院之前怕是读不完她在上学期借过的书了。

今天下午，姚老师又提着一个装满书的纸袋子来探望我了。惭愧的是，上一批书我还没看完。

医院离学校没几步道，她总是在午休结束之后过来。

"我刚才在走廊里碰到一个穿着咱们学校校服的女生，她是来看你的吗？"姚老师把袋子放到床头柜上，说道，"现在才往回走，下午的课肯定要迟到了。"

"刚才没有人来找我。"

"她要不是来看你的,那还真是挺巧的,能正好在这里碰到咱们学校的女生……"

这时,正在给隔壁床的老奶奶换输液用的药的护士忽然开口了,"刚才是有个女生站在门口,我问她找谁,她就跑开了。"

"看来,"姚老师笑了,"是个没脸来见你的人。"

也许是松蘋,也许是秦虹那伙人中的某一个,我暂时想不到其他人选了。不过也无所谓是谁,反正,她迟早有一天会鼓起勇气,我也迟早有一天会原谅她。

我永远也无法原谅的,恐怕就只有远江了。

她用生命布置的谜团,旁人虽然提不起兴趣,却势必要困扰我一生。即便已经想出了一个乃至不止一个解释,我也会继续想下去的。这是她施在我身上的诅咒——至死方休的诅咒。

"上次拿给你的书都看完了吗?"

"还没有。那本《歌德谈话录》太难看了,每读几页就会睡过去一次。"

"那本书,林远江在日记里也说,只是随便翻了一下。对了,"姚老师像是忽然想起了什么,从纸袋里取出了一沓打印纸,又坐在了摆在床边的椅子上。"我这两天又读了一遍林远江的日记,有了点想法。你有兴趣听吗?"

终于让我等到了……

"老师又发现了些什么呢?"

"林远江好像对'故事'有种特别的执着。日记里不止一次提到过她对'故事'的渴望。"

姚老师翻开她打印出来的日记手稿,寻找着用荧光笔标记出来的部分。

"她在九月十九日的日记里说想读些'故事性更强'的小说。又在九月二十一日的日记里把人按照是否对'故事'感兴趣分成了两类，还说相比没有'故事'的流行歌曲更倾向于有'故事'的动画。第二天又因为那部动画没有'故事'而不满。她还在九月二十七日的日记里感慨说，班上的女生虽然不读书但也都渴望着'故事'。

"开始写小说之后，她又因为编不出'故事'而苦恼过一阵，还来问过我的意见。在十二月二十七日的日记里，她读了我推荐给她的《女生徒》，认为女主角太普通了，说她'全然不像故事里的人'。后来你夸奖了她的文笔，却对她笔下的故事不置一词，这也让她怀疑起自己的作品来了。

"然后是一月五日的日记，写的是你送给她的《天平之甍》的读后感。她印象最深的是里面有个叫业行的日本僧人，把半生精力用来抄写佛经，最后这些成果却全都沉到了海底。对此她的评论是'他的一生也不能说是全无意义的，至少成就了这个故事'。

"她还在一月二十三日的日记里谈到了对契诃夫的戏剧的看法，说它们很像方荐瑶喜欢的那种动画，'徒有氛围和人物，却什么故事都没讲'，又说'讨厌自己只能编造出单薄而机械的故事'。

"二月九日的日记是奎因的《九尾怪猫》的读后感。她认为这是我推荐给她的推理小说里唯一'还有点意思'的一本。理由也是作者花了大量篇幅来讲述死者的故事。她还感慨说死者都是些普通人，'他们的一生用寥寥几个自然段就能概括了'。

"二月十八日，领到语文课本之后的感想，她说海伦·凯勒和安妮·弗兰克的文章、事迹不能使人受到鼓舞，反而只会让你们'向往她们的不幸'。二月二十日，她劝你写小说，你说不会编'故事'，她觉得自己也不会……"

说到这里，姚老师又把打印稿翻到了很靠前面的位置，递给了我，示意我看一下她用荧光笔画出来的部分。

那是九月二十八日的日记。

久违地借了一本诗集。译文出于多人之手，质量参差不齐。有几首为了押韵用了很多不上台面的口语。想来原文不是这样的。放学后把书还了回去，到现在只记得一首托马斯·格雷的《墓畔挽歌》。悼念了一位年轻的死者——他的人生也好，死亡也好，都没有什么可圈可点的"故事"，既无趣又不值得纪念。今天骑车回家、等红灯的时候就在想，如果我就这样被车撞死了，我的生与死是否都是毫无意义的。后来绿灯亮了，就没有再想下去。

"您的意思是，远江她害怕这种'没有故事'的死，只是为了给自己的死亡赋予一点故事性，才陷害了我？"

姚老师从我手里接过那一沓打印纸，然后点了点头。"林远江的悲剧首先是家庭悲剧，但这未免太普通了，只是成千上万中国式家庭悲剧的缩影。她母亲虽然把她逼上了绝路，但是放在中国式的家长里面，又未必算得上是最蛮横的。她在征文落选之后，曾在日记里说过，自己的人生输给了同龄人。在她决定自杀的时候，就不会觉得自己的死也同样输给了别人吗？"

"她确实有可能会这么想。"

这又是个谁也无法驳倒，却又无从证实的推论。

"她想为自己的死寻找一个更加特别的理由，一个富于故事性的理由，比如说遭到了最信任的朋友背叛。"

"这个理由就比家庭原因更高明吗？"

"至少能讲一个故事——在日记里，当然也不仅仅是在日记里。"姚老师说，"林远江把自己的人生当成虚构的作品来对待了。"

结果，实际上姚老师和我得出了同一个答案。

远江不愿接受过于平淡的死，才选择了陷害我。只不过，我所理解的"过于平淡"指的是毫无社会影响、无法引起公众的注意。我在这里把远江看成了一个演员。身为演员，自然不愿错过一生只有一次的表演机会。而在姚老师看来，远江不是个演员，而是个小说家，只是混淆了现实与虚构的界限。

姚老师正试图通过日记，还原出远江自己对"过于平淡的死"的理解。因此，也许这一见解更接近真相。

但也只是"也许"和"接近"。

真相早已经在那个下雨的夜晚和远江一起摔成了碎片，又在高温焚化炉里化为灰烬了。

"我忽然明白姚老师为什么喜欢推理小说了。"我说，"因为推理小说总是有个解答，到最后总能知道真相。在现实中却不一定能知道。"

"你说得没错。说不定我也把自己的人生当成了虚构的作品，所以才总在刨根问底、猜来猜去。"她一脸沮丧地说，"但是有什么办法呢？只要活着，就不得不与人相处，就要去猜测别人的想法。明知道从理论上讲，确切地猜中是根本不可能的，却又不得不求出一个个'近似解'，以便待人接物时不要有什么闪失。"

我不知道姚老师究竟经历过什么才有了这样的感触。近两个月的遭遇，倒是让我对她的话深感共鸣。

我也很清楚，直到死去的那一天，我都不会忘记姚老师的这番话，一如我永远也不会忘记远江。在剩下的或许漫长或许短暂的时间里，我会被迫不断温习它，一遍遍地在他人身上求出"近似解"。在这期间，也免不了会因为太接近真相而受到伤害，或是因误差太大而伤害到别人。

然而这就是我的人生。

我从未渴望过那样的戏剧性，却被卷入了远江虚构的故事里。但那终究是她的故事。她选择牺牲生命来成全它，还连累了别人，对于我来说又未免太沉重。我只想过好自己的生活，不想成为任何一个曲折而夸诞的故事的主角。

那样的故事，存在于小说里就足够了。

天空放晴处
Clairières dans le ciel

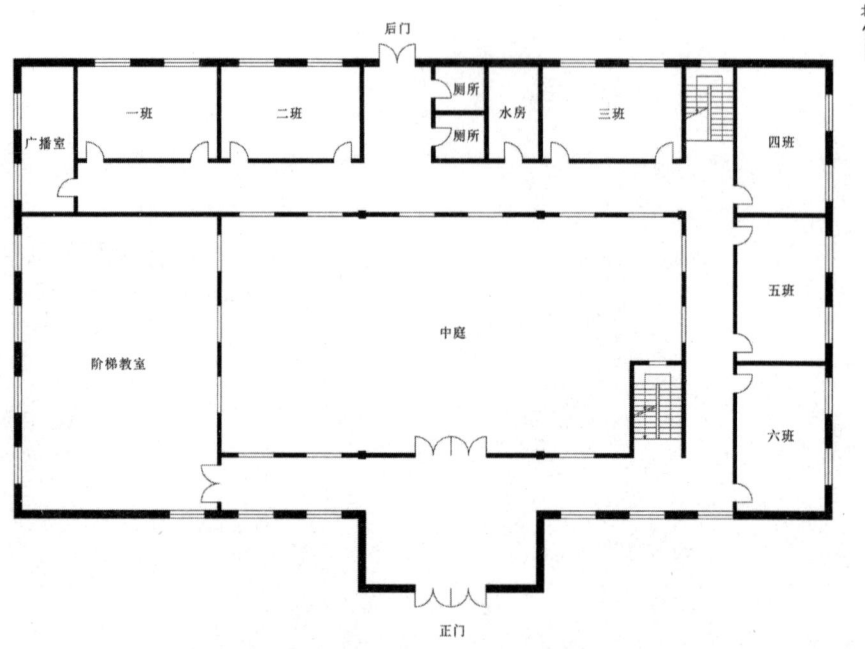

1

那是周一的第二节课。

离下课铃响起还有七八分钟，警报声先从走廊那边传了过来。那声音很像是一个出了故障、闪灭不止的灯泡，忽而弱得几乎听不到，忽而又拿出了震耳欲聋的势头。反正，这警报声被设计出来，本就是为了让人坐立不安，乃至拔腿就跑。

不过班里的同学们的反应却很冷淡。大家纷纷合上课本，懒散地起身，慢慢悠悠地朝门口走去。那场面就像一颗颗沙粒缓缓滑向沙漏中间的细口。

直到所有同学都离开了教室，冯露葵仍坐在原位。她把教科书和笔记本都收好，又取出下节课要用的材料，然后才从课桌里抽出一个红色的袖标。

警报声已经停了。再没有什么能掩盖走廊里的嘈杂声了。即便每个人都只是在小声低语，汇聚起来，也成了相当可观的音量。更何况高声谈笑，甚至是叫喊着的人也不在少数。这是每天出操时司空见惯的光景。

这时，在讲台上整理着教案的闵老师抬起头、看到了冯露葵，随口问了一句"你怎么还不去操场"。话音刚落,他又看到了她手里的袖标,这才发现自己多嘴了。

"我得去检查各个教室。"冯露葵一边戴上袖标,回答道。

"检查有没有人留在教室里?"

"对。今天的消防演习,由我们学生会负责检查。"

闵老师没什么可问的了,把整理好的教案夹进教科书之后就走出了教室。冯露葵看着他肥胖的背影,站了起来,也往教室门口走去。

难得姓闵,教的又是数学,当初在大学里说不定曾被人取过"闵可夫斯基"的绰号,可惜班上的同学谁也不知道这位英年早逝的数学家,都依照身体特征,叫他"秃头"。想到这里,冯露葵又想起了她们的班主任,一个刚满四十岁的英语老师,头顶上的遮蔽物也日渐稀疏。如果这三年都由这两个人来教她们,到毕业时再说"秃头",真不知道指的是其中的哪一位了。

看来外号这玩意,还是要取得有区分度一些才好。

她回想了一下,升上高中之前,几乎没人用绰号称呼过自己,至少当面未曾有过。小学也好,初中也好,她都做了班长,所以大家也自然而然地管她叫"班长"。因此,进了高中,冯露葵给自己定了个新目标——这次一定要当上学生会主席。

也正是在九月底加入学生会之后,才有人第一次用姓名和"班长"之外的方式称呼她。

现任学生会主席桂姗姗学姐经常唤她"露露"。这也是冯露葵的乳名,直到现在父母还总是这么叫她。像大多数的父母一样,他们只在训斥女儿的时候才会喊出"冯露葵"这个全名。桂姗姗学姐也是如此,心情好的时候总是含着笑、叫她"露露"。如果从她嘴里蹦出一声"冯露葵",跟在后面的肯定不是什么好话(难怪其他成员总说冯露葵享受着亲女儿的待遇)。

当然,除了桂学姐之外,学生会的其他前辈只是随口叫她"小冯"。

走出教室之后,冯露葵一眼就看到了倚墙而立、正等待着自己的同僚。

那个女生凑了过来,手里抱着一块塑料板,上面夹着记录用的表格和圆珠笔。

"好慢啊。"

见冯露葵过来,那个女生抱怨了一句。

看样子,她是在同学们鱼贯而出之际,跟他们一起挤到了走廊。根据安排好的紧急疏散路线,从楼上下来的学生也有不少要经过这里。冯露葵回忆了一下警报声停止之后,从走廊那边传进教室的嘈杂声,也就能想象当时的场面了。

而她的同僚,就在摩肩接踵往外面涌的人群中等她出来。

原来如此,冯露葵心想,难怪她会紧贴着墙壁,站在那里。

这个名叫王季繁的女生,是和冯露葵一起加入学生会的干事。高一新生里,就数她们两个最常被桂姗姗学姐差遣。如果说冯露葵确实很可靠,那么王季繁恐怕只是单纯地比较好欺负而已。

王季繁读的初中规定男生必须留寸头,女生也只能留齐耳短发。升上高中之后,她尝试把头发留长,结果刚留到能盖住锁骨的长度,发梢便悲剧性地翘向两边去了。无奈之下,她又剪回了初中时的发型,和冯露葵那瀑布般的黑发形成了鲜明的对比。

虽说是同一个年级的两个人,若并肩走在一起,只怕任是谁都会以为王季繁是冯露葵的跟班。有趣的是,王季繁也像是要证实大家的错觉,总是走在和冯露葵错后半步的位置。

在动身前往要检查的教室之前,冯露葵发现王季繁没有戴袖标,但也无心提醒她，只是问了一句，"你出来的时候班里有人吗？"

"没有，大家都出去了。你们班呢？"

"我们班也没人留在教室。"冯露葵说。高一总共六个班级，减去两个，只要检查四个教室就好了。相比桂学姐平时派给她们的活儿，这工作简直再轻松不过了。

两人所在的这一段走廊，采光不佳。外面的光线或是从最北边那段楼梯上方的小窗，或是从开在西面墙壁上的窗子射进来，都不足以把走廊完全照亮。

透过西面的窗子能看到空荡荡的中庭。

就算是晴天，走廊也略显昏暗，若遇上像今天这样的阴雨天，每一个路过的人都会淹没在阴影之中。

最北边的那段楼梯的东侧是四班，沿着走廊往南走会依次经过王季繁所在的五班和冯露葵所在的六班。六班的正门对着另一道走廊，是东西向的，朝西走也有一道楼梯。整个一层只有两处能通往二层的楼梯。不同之处在于靠北的那段只能通往二楼，而南边的不仅能向上，也能走到位于地下一层的食堂。

若不上下楼梯，继续向西，就会走到一个宽敞的门厅，教学楼的正门就开在门厅的南墙上。再往西走，直到走廊尽头，会看到两扇对开的铁门，那是间能容纳两百人的阶梯教室。

不过那并不是她们要去的方向。

冯露葵和王季繁朝北走去了，又在尽头处的楼梯前转向西边。那里也有一道东西向的走廊。她们的左手边是朝向中庭的窗子，右侧则会依次经过三班的教室、水房、厕所、二班和一班的教室。这一段走廊最西端是广播室的门。

两人在一班的教室门口停下了脚步。

冯露葵一手握住把手,将门推开,只见有个男生坐在教室中间。听到动静,那个正埋头玩手机的男生猛地一抬头,拇指下意识地按下了锁屏键。

"我们是来检查教室的。"冯露葵向教室里迈了一步,"你有请假条吗?"

"有。"说着,那个男生从课桌里取出一张纸,拿在手里晃了晃。

两人正准备走向他的座位,忽然听到有脚步声从走廊那边传来。还站在门外的王季繁往东边看了一眼,说想过去看看是什么人,把手里的塑料板塞给冯露葵之后就跑开了。

冯露葵按照原计划来到那个男生面前,她这才注意到对方的左脚打着石膏,还有一支拐杖躺在地上。她接过那张假条,上面果然写着一行"粉碎性骨折",还说两个月之内不能参加课间操和体育课。在她看假条的时候,那个男生还对受伤的缘由做了最低限度的说明——"车轧的"。

记下了那个男生的名字和留在教室里的原因之后,冯露葵离开了一班。她一到走廊就见到王季繁朝自己快步走来。

"有什么人在那边吗?"

"打扫卫生的阿姨刚从二楼下来,现在正在扫厕所。"平时绝少运动的王季繁才走了这么几步就气喘吁吁了起来。"那个男生怎么了?"

"骨折。说是被车轧的。"

"这样啊。"

像往常一样,两人之间的对话就像两个实力悬殊的运动员打乒乓球,根本持续不了几个来回。

她们一起来到二班门口。

冯露葵正准备将手伸向门把手,门自己就开了。很显然,站在门里的那个女人只是想看看外面是谁在说话,未承想和冯露葵撞了个正着,吓了一跳,连着后退了几步,还很夸张地用手捂住了胸口,最后才问了一句:

"你们怎么不去参加消防演习?"

那个女人看起来不到三十岁,妆化得有些浓,身着一袭与教室氛围格格不入的波西米亚风长裙,还踏着一双高跟鞋。

"我们负责检查各个教室有没有人。"冯露葵说,"您是二班的班主任肖老师吧?"

对方点了点头。冯露葵听说过有关二班班主任的传闻,说她明明教的是数学,却总是打扮得像个美术老师一样。看样子传闻没有骗人。她又往肖老师身后看了一眼,发现在后排靠近窗户的位置,有个女生趴在桌上。

肖老师显然注意到了她的视线,解释了一句"她身体不舒服,向我请了假"。

"能告诉我她叫什么名字吗?"重新接管了那块塑料板的王季繁问道,并如实做了记录。她正准备再问一句需不需要送那个女生去医务室,却见冯露葵在一旁鞠了一躬,转身走出了教室,就赶忙跟了过去。

在去往三班的路上,王季繁近乎自言自语地说了一句"那个女生还好吧",冯露葵听到之后却压低声音跟她说:

"我觉得她并没有哪里不舒服。"

"你是说,她向班主任说了谎?"

冯露葵摇了摇头。"是肖老师对我们说谎了。"

"肖老师?"王季繁困惑地歪了歪脑袋,"她为什么要对我们说谎呢?"

"你没有注意到吗,她们班的黑板报只画了一半。"

"这样吗？我还真没发现。"

每个教室都有前后两块黑板，后面的一块上课时用不到，只用来画黑板报。黑板报每个月评比一次，并且……

"今天中午就要评比了。"冯露葵说。

"那是有点不妙。又不能在上课的时候画……"

"是啊。就算争分夺秒都不一定能赶上——这就是那个女生必须留在教室里的理由。"

"为了画黑板报？"

"嗯。因为涉及评比，班主任才会替她说谎。"

换作其他人，说不定会用一句"这都只是你的想象"来反驳，王季繁倒是轻易地接受了这个结论。

"何必呢，只是一次黑板报评比而已。"

"总有人想在各种无聊的事情上争第一。"冯露葵耸了耸肩，轻描淡写地说。

两人经过教学楼的后门、厕所和水房，来到了三班的教室门口。

"但是黑板报这件事情上面，二班怎么也不可能拿第一的。"王季繁说，"我们的班级也不可能。"

"是啊。"

说着，冯露葵推开了教室门。其他班级都与板报评比的冠军无缘的理由，不难在这个教室后面的黑板上找到。

三班有一位美术特长生，能像用炭笔画速写一般，将粉笔运用得灵巧自如。在上个月的黑板报评比里，他已经向全校师生展示了压倒性的实力。那段时间，每天的午休和放学后都有其他班级的同学跑去围观那幅黑板报。冯露葵也在黑板报评比时看过几眼。那幅画很像是临摹了某幅库尔贝的作品，远处是浓淡分明的云层，稍近处是卷成一个个完美的弧形的海浪，近景则是精心布置过的礁石。而这一切都只用白色粉笔就表现了出来。

这个月，他也为班级贡献了一幅终将被擦去的杰作。

冯露葵看着那幅新作——这次的主题或许是运动会。画面中有奔跑的人、跳跃的人，也有人正推出一颗铅球。每个人物都穿着跨栏背心和运动短裤，暴露在外的肌肉显然是作者最用心勾画的部分。一个个运动着的人物，却是以静物画般的构图被安排在一起的。美中不足的是，左上角的文字填满了那些必要的留白。

毫无疑问，今天的评选也会是三班拔得头筹。

"三班没有留人。"王季繁说。她似乎对那幅黑板报没什么兴趣——也有可能之前已经来围观过了。

"只剩四班了。"

两个班的教室门离得很近，中间只隔着楼梯口。

四班的教室是一整层里唯一没有后门的一间。仅有的一扇门正对着冯露葵她们刚刚走过的那段东西向的走廊。

推开那扇门之后，冯露葵感到有一阵风迎面扑来，窗帘也随风扬起，扫过摆在旁边的桌子，险些把桌上的铅笔盒带到地上去。

她盯着四班的黑板报看了几秒钟。

可能是三班的那幅给她的冲击还没褪去的缘故，这一幅在她眼里简直像小孩子的涂鸦一样，线条粗糙僵硬，构图呆板，选取的意象也十足幼稚。黑板报左侧画了三个身着校服的人物，两女一男，男生推着辆自行车。从盾牌般的脸形和大得夸张的眼睛来看，画它的人本意或许是要模仿时下流行的动漫画风，结果却画出了教辅书封面的效果。画占去了三分之二的空间，右侧则是一段文字，字很小，从冯露葵站的位置看不清具体内容。

"四班也没有人。"王季繁朝教室里看了一眼之后说,"结束了。"

"桂学姐说检查完去门厅那边跟她们碰头。"

"现在就过去吗?"

"过去吧。也没什么别的地方可去。"冯露葵把门关好,又借着微弱的光线瞥了一眼王季繁的左臂。"你最好把袖标戴上,免得被桂学姐教训。"

"出来得太急,忘了。"说这话的时候,她无意识地用手遮了一下本应佩戴袖标的位置。"谢谢你提醒我。"

像是为了不耽误对方的时间,王季繁向着五班的教室小跑而去,冯露葵则放慢脚步跟了过去。这一次她们也配合得很默契(如果能将这种默契应用到对话之中就再好不过了),冯露葵走到教室门口的时候,王季繁也正好跑了出来。

她看了冯露葵一眼,又把头微微低了下去,说了一句"我好像忘记带来了"。

"没关系,我借给你好了。"

说着,冯露葵回到六班的教室,从教室后面的铁柜子里摸出了另一条袖标。准备转身离开教室时,却看见紧闭的玻璃窗上爬满了雨点。虽然只是很小的雨,站在操场上的同学们一定不好受吧——她这么想着,却又无法改变校方的安排。按照计划,集合之后要由市消防队的人来为学生们做消防教育。

学生会的人检查完教室之后,也要去门厅集合,站在那里听演讲。

门厅那边倒是不会淋到雨……

冯露葵走出教室,把袖标递给了站在那里的王季繁,两人一起往南、朝门厅走去。她们才转过一个拐角,就听到了从操场那边传来的广播声——

"今天的消防演习,我们请来了市消防大队的……"

通往门厅的这段走廊虽然在整层最靠南的位置,却也不是很明亮。五年前有人提议在教学楼南侧建一座温室,说是能在冬天草木枯萎时帮学生缓解压力。结果,就为了这么一个虚无缥缈的理由,浪费校方大笔经费不说,还挡住了这一段走廊的好几扇窗户。

这也就意味着,高一年级的学生们每天走进教学楼之后,就要立刻面对一段阴暗的走廊,拐过一个转角,也不会迎来安妮·雪莉所谓的"最美好的东西",等待他们的仍是一片黑暗。而那些一、二、三班的学生,更是要再过一个拐角,再多走一段黯淡无光的道路。

两人来到门厅时,桂学姐她们还没有过来。从教学楼的正门望出去,能看到阴惨的天空和几百个一脸不情愿的学生。门口的地面上能看到雨水留下的一个个小斑点。斑点越积越多,未被打湿的区域已经所剩无几了。

她们在门厅等了几分钟,学生会的成员陆续都到了,只有桂学姐这个学生会主席还不见踪影。

真不愧是名叫"姗姗"的女人,总要比别人来得迟一些——冯露葵在心里腹诽着,却又觉得这笑话一点也不可笑。

雨势越来越大,已经到了能把小规模的火灾扑灭的程度,这显然是最不适合做消防知识普及的天气。

教导主任礼貌地打断了消防人员的讲演,把话筒也夺了过去。

"今天这个雨下得有点大,后面的内容改在广播中进行。大家先给专程来为我们做消防教育的刘队长鼓掌——"

掌声之后,他把话筒递给了跑上主席台的体育老师,自己领着消防人员朝教学楼这边走了过来。冯露葵还注意到,有个老师去高二的队伍里把每天中午做广播的女生先叫了出来。她也快步跑向这边,很快就跟教导主任他们合流了。

三个人急匆匆地穿过门厅,向位于走廊最深处的广播室走去,没有往冯露葵她们这边看一眼。

很快,接过话筒的体育老师下达了解散的命令,几百个急着避雨的学生一时都涌向了门厅。面对这场面,学生会的前辈们显然更有经验,领着冯露葵她们来到了走廊的西侧。西边这段走廊只能通向阶梯教室,目前显然不会有学生以那里为目的地。

走廊又变得嘈杂了起来,学生会成员之间为了交流也不得不抬高嗓门。

"我们现在该怎么办呢?"宿管委员谢春衣问了一句。她跟另外一个高一年级的干事(跟王季繁同班的一个男生),刚刚负责在操场监督各班清点人数。精心打理过的刘海淋了雨之后,颓丧地趴在额头上。她不停用手整理着,看得出心情已经糟到了极点。

大家面面相觑,谁也不知道该不该继续等桂姗姗。可是就算不想等她,他们一时半会儿也回不去。人流仍在涌向走廊另一端,就像门外的雨水一样,丝毫没有停歇的迹象。

"那就等吧。"最后,谢春衣一脸无奈地回答了自己的问题。

过了一分多钟,人流变稀疏了。等到这个时候才慢悠悠地踱进教学楼里的,想来都是些不怎么合群的学生。他们宁可多淋一会儿雨,也不愿一头扎进拥挤的队伍里。如果没有加入学生会,冯露葵应该会站在操场上观望一会儿,等人走得差不多了再回去。

像是为了催促这些散漫分子加快脚步,广播声响了起来。那是学生们都很熟悉的一个声音,每天中午都是这个女生在念些心灵鸡汤类的文字。她再次介绍了"来做客的嘉宾",还调侃了一下天气。

就在这个时候,有个人影逆着稀疏的人流,朝冯露葵她们走了过来。因为光线的缘故，直到那个人来到了门厅，学生会的成员们才认出了她。

是桂姗姗学姐。

她迈着慵懒的步子，脸上没有丝毫的歉意，在冯露葵和王季繁面前停了下来。

"你们两个跟我过去一趟吧，"桂姗姗说，"高一四班出事了。"

2

几分钟之前冯露葵在心里奚落过的那幅黑板报，被人用抹布胡乱地擦拭了一番，已经全然看不出原来画的是什么了。奇怪的是，在冯露葵看来，那些畸形的人物经过蓄意的破坏，反倒产生了一种朴素而抽象的美感，抹布蹭出来的纹路甚至让她想到了日式庭院的枯山水。当然，不论效果如何，四班怕是参加不了中午的黑板报评比了。

她们三个来到教室门口时，大部分的学生已经坐回了原位、听着广播。几个班委凑在最后一排靠窗的桌子边。那个桌子明显偏离了原来的位置，被移到了铁柜边上。看样子，有人踩着那张桌子爬到铁柜上，擦去了板报。

四班的班主任不在教室里，说不定他还什么都不知道。

虽然门开着，桂姗姗还是象征性地敲了敲门。敲门声自然敌不过广播的音量，但有人出现在门口，总会引起坐在附近的学生的注意。一个女生认出了她，朝站在教室后面的班委喊了一声"学生会的人来了"。

就这样，在三十几双眼睛的注视下，桂姗姗领着两个跟班走进了四班的教室。她们能顺理成章地闯进去，恐怕是因为黑板报的评比正是由学生会负责的。

四班的班长是个戴着眼镜、看起来很斯文的男生。见学生会主席朝自己这边走来,他解释说,"大家从操场回来就发现板报被人擦掉了。"

听了这话,桂姗姗转过头,向冯露葵她们问了一句,"你们来检查教室的时候,黑板报没什么异样吧?"

"当时还是完好的。"冯露葵回答道。

"看来是从你们检查完教室,到班里的同学们回来之间的这段时间里,黑板报被人擦掉的。"桂姗姗又把头转向班长,指了指那张偏移原位的桌子,"这张桌子也是'犯人'搬到这里的?"

"应该是。"班长说,"上面有两个鞋印。柜子顶上也有几个。"

冯露葵低下头,注意到地板上满是黑色的鞋印。一群人从被雨淋湿的操场回来,不可能不把地板踩脏。今天打扫卫生的值日生一定会很辛苦。这也意味着,"犯人"留在地上的鞋印,已经被其他人的鞋印掩盖了。

留给她们的"物证",只剩下了桌面上和柜子顶上的几个鞋印而已。

这个时候一直站在旁边的一个满脸粉刺、瘦高个儿的男生开口了,"我能把桌子搬回去了吗?"

"这是你的课桌?"桂姗姗随口问了一句。

对方点了点头。

"稍等,让我拍张照片。"

说着,她走到桌边,从口袋里取出手机,对着桌上的鞋印按下了快门,又将左手的食指和拇指尽可能分开,试着丈量鞋印的尺寸。"看着像是双旅游鞋。不是很大……感觉是双女鞋。"

给出了初步的结论之后,桂姗姗转过身来,仍低着头,她先是把视线投向了冯露葵的皮鞋，继而又移开了，最终停留在了王季繁的脚上。

王季繁穿了一双水蓝色的帆布鞋。

"把鞋脱下来借我用一下。"

被支使惯了的王季繁，走到摆在窗边的空椅子前坐了下来，把手里的塑料板放在膝头，开始解鞋带。她低着头，旁人看不清却也不难想象她的表情。

"一只就够了。"桂姗姗补了一句。

接过了那只鞋，桂姗姗立刻将它摆在桌上的鞋印边，比对了起来。王季繁则把只穿了粉色船袜的右脚搭在了还穿着鞋子的左脚上，一脸委屈地看着桂姗姗的背影。

在王季繁身后，是一扇落满雨点的窗子。透过窗子能看到几米之外的一道围墙。围墙的另一侧是家幼儿园，上课时偶尔能听到从那边传来的儿歌声。夹在教学楼和围墙之间的这段狭窄的过道，平时很少有人走。这个季节倒是还好，一到冬天便时常有强风穿过，就是那些从铺地砖的缝隙里生出来的野草，也会被吹得七零八落。

"你的鞋是什么尺码的？"

"三……八。"王季繁红着脸，如实回答道。

"'犯人'的鞋要小一些，三六或者三七。"她把鞋子还给了王季繁，"是个女生的可能性比较大。如果是个男生，估计个头不会太高。"

然而，四班的几个班委显然对她的"推理"提不起兴趣来，班长作为代表，问出了那个他们最关心的问题：

"板报评比能不能推迟几天呢？"

"没问题。"桂姗姗说得有些漫不经心，她的兴趣显然仍在那一双鞋印上面。"推迟到下周一好了。来得及重画一幅吗？"

"来得及，来得及。那真是太好了。"班长赶忙附和道，旁边的几个班委也不停地点着头。"如果抓到那个破坏黑板报的学生，学校会怎么处理呢？"

"按破坏公物处罚，在全校范围内点名批评。"桂姗姗说，"你们觉得会是谁干的呢，心里有什么人选了吗？"

"没什么人选。就是，"班长吞吞吐吐地说，"在这个节骨眼上干这种事，应该是别的班的人不想让我们班参加板报评选，不是吗？"

"如果是这样的话，那还真是挺恶劣的。我会在评比的时候给那个班级打零分的。"

趁着班主任还没有过来，桂姗姗领着冯露葵她们走出了四班教室。

离开之前，冯露葵最后又看了一眼被破坏了的黑板报，这次是近距离观看，所以能依稀辨认出残存的字迹。她发现最下面一行写着"……班35人团……"，其中"35"是用红笔写的，又用白色粉笔勾了边。不难想象，这里原本写着"全班35人团结一心"一类的话。这的确是经常能在黑板报上见到的字眼。

走廊里仍能听到广播声在回荡，讲着遇到火灾时的逃生技巧。靠近开着的窗子，还能听到从中庭传来的轰鸣的雨声。在这个夏天已经结束、秋天却还未开始的时候，每一场雨水都像是某种不洁之物，沾染上它的草木都逃脱不了凋零的命运。

"真够无聊的。"桂姗姗大口吞吐着潮湿的空气，看来四班的氛围让她感到很压抑。"不就是一个板报评比吗，至于搞出这么多事情来吗？反正又不可能比三班画得好。"

"三班的板报没事吗？"冯露葵问。

"完好无损。出事的只有四班。如果三班的板报被人擦了，事情可就闹大了。我听说这周还会有记者来采访那个很会画板报的学生。"

"挺好的，我们学校就要出名了。"

"我们学校本来就挺出名的。"桂姗姗说，"你们刚刚检查的时候，有什么人留在教室里吗？"

王季繁看着夹在塑料板上的记录纸，回答道，"一班有一个男生，左脚骨折，有医院开的病假条。二班有个女生向班主任请了病假……"

"当时班主任肖老师也在教室里。"冯露葵替她补充了一句。

"别的班教室里没有留人。"

"嗯，左脚骨折的话，肯定没法爬到铁柜上去擦掉板报。"

"肖老师穿的是高跟鞋，肯定也不是她干的。"冯露葵说。

"那不是只剩下一个'嫌疑人'了吗？"

但是，当时一层的走廊又不是封闭的，虽说正门外站满了学生，无法自由出入，但也不能排除有人从后门或二层下来的可能性——冯露葵回想着当时的情景——板报是在她和王季繁检查完教室之后被擦掉的。她们检查完教室又分别回自己的班级去了一趟，这段时间里南北向的那条走廊里如果有动静一定会被她们察觉到，这也就意味着无法出入四班的教室。之后她们绕过拐角，通过南边那条东西向的走廊去了门厅，在那里跟学生会其他成员碰头。在这段时间里，如果有人出入后门或是从北边那段楼梯下来，她们根本不会发现……

有人偷偷藏在四班的教室里的可能性倒是可以排除掉。教室里没有什么能藏人的地方，就算是最隐蔽的位置，窗帘后面，也因为当时窗帘被风吹起而一览无余——等等，窗帘被风吹起？冯露葵忽然意识到了什么。

也就是说，当时教室的窗户开着，"犯人"也有可能是通过窗户进入教室再逃走的。

后门、楼梯、窗户，还有这么多出入现场的办法，不能把"嫌疑人"限定在当时留在一层的几个人中间。

然而冯露葵并没有把这些话说给桂姗姗听。因为比起这些琐碎的推测，桂姗姗提出了一个更加便捷有效的方案。

"总之先去二班一趟吧，"她晃了晃存着物证照片的手机，"我想看看那个女生的鞋底。"

3

冯露葵之前的猜测得到了证实。

她们来到二班的时候，之前留在教室里的那个女生正站在铁柜上面，画着黑板报。批准了她的"病假"的肖老师，也站在旁边指指点点。班里的其他人倒是都坐在座位上听着广播。

这一次，桂姗姗也照例敲了敲那扇开着的门。

"你们有什么事吗？"见她们出现在门口，班主任往教室前面走了几步，问道。

"您好，我是学生会主席桂姗姗。有点事想找那个女生确认一下。"说着，她指了指正在画板报的女生。

"很急吗？她现在没时间……"

"我们就过去跟她说两句话，不会耽误太久的。"

肖老师一脸不情愿，却也没想出什么阻拦她们的理由，只好放她们进去了，但终究不放心，自己也跟了过去。

二班的黑板报没比四班被擦掉的那幅高明多少，野心却不小。冯露葵注意到，那个女生脚边摊放着一本植物科学画图册，像是从图书馆借来的，书页上已经落了不少粉笔灰。看样子那个女生视力不错，总是低头看一眼图册然后画几笔。但很可惜，雏菊也好，百合也好，那些严谨的科学画到了她笔下,竟成了写意画,不知道的人或许会以为她临摹了哪位国画大师的作品。冯露葵也不明白,这些植物画跟写在最上面的标题"安全出行"到底有什么关系。

"中午就要评比了,现在还没画完吗?"桂姗姗问。

"本来应该上周就画好的,结果我生病了。"那个女生停下手中的粉笔,转过头来俯视着到访的三人。"学姐找我有什么事吗?"

桂姗姗观察着穿在那个女生脚上的鞋。那是银白色的旅游鞋,装点着几道浅紫色的条纹。尺寸不会很大,目测在三十六七号之间。

她从王季繁手里夺过那块塑料板,抽出记录纸,将空白的背面朝上摊在那个女生脚边。"能不能在这上面踩一脚?"

"踩一脚?"

那个女生满脸困惑地朝班主任看了一眼,可惜班主任没有替她阻止桂姗姗。无奈之下,她只好照做了。然后,像是为了掩饰心里的尴尬,她慌忙转身,继续画起了她那写意味十足的花瓣。

"还有事吗?"肖老师问道。她虽然也一头雾水,但更多的是不耐烦。这话更像是在催促她们赶快出去。

"没事了。谢谢配合。"桂姗姗一边把那张纸夹回到塑料板上,一边说道。又往教室前方迈了几步。发现对方没有跟过来,她回过头去补了一句,"对了,有件事想通知您一下,黑板报评比推迟到下周一了,不用画得那么着急。"

离开二班之后,桂姗姗迫不及待地凑到了窗户边,取出手机来,想比对一下新采集到的鞋印。冯露葵和王季繁也挤到她身边。桂姗姗用两根手指将手机上的图片放大,仔细比对着鞋印的纹路,发现基本一致。

"你们觉得这事该怎么处理呢?"桂姗姗叹了口气,"是不是让她去四班道个歉，私底下解决比较好呢？"

"学姐已经认定是她做的了？"冯露葵问。

"她有其他人没有的机会，鞋印也吻合，更重要的是她有这么做的理由——眼看着就要评比了，她们班的板报还没画好，而且这恰恰是她的责任。基本可以确定就是她做的了吧？"

"我总觉得哪里不对劲。"冯露葵说，"如果那个女生在开始下雨之后没有去过外面，鞋子应该不会太脏才对，会那么容易在桌子和柜子顶上留下黑色的鞋印吗？那个鞋印更像是在外面踩过泥地的鞋子留下的。"

"可能只是鞋底被水弄湿了。"

"这么说来，"沉默多时的王季繁开口了，"我们检查教室的时候，有个保洁阿姨在扫厕所……"

"这就对了嘛，那个女生肯定先去了趟厕所。厕所地是湿的，把她的鞋底也弄湿了。"

"嗯。"冯露葵点了点头，就当是这样吧。虽说仍有其他可能性无法被彻底否定，但也很难想到比这更合乎情理的解释了。但即便如此，冯露葵还是忍不住多说了一句，"其实她穿的那款旅游鞋最近还挺流行的，我们班也有女生穿。"

桂姗姗听到这里笑了。"你这么严谨应该去学法律。"

"你们先回教室吧，我打算午休的时候去找那个女生谈谈。只要她愿意反省、道歉，我也不想把事情闹大。黑板报被擦掉这件事肯定会传开的，但具体是谁做的，你们先不要说出去。"

她们三个人又一起走了一段路，桂姗姗从三、四班教室之间的那道楼梯上了楼。台阶上黑色的脚印连成一片，但仍能辨认出这些脚印都是朝着同一个方向的。

"你在墩布上踩一踩"——忽然有话音从上面传来,像是个中年妇女在说话,应该是个清洁工,说不定就是刚刚在扫厕所的那位。

冯露葵忽然觉得有些事不妨向她确认一下,也登上了楼梯。王季繁虽然不明所以,但还是跟了过去。

那个清洁工正在用拖把清扫被踩脏的楼梯,眼看着就要扫到两端楼梯间的平台处了。

"阿姨,您刚刚是不是打扫过一层的厕所?"

"可不是吗,这会儿肯定又都踩脏了。还得再扫一遍。这楼梯也是刚刚才扫过。"

"您刚刚扫厕所的时候有没有人从走廊经过?"

"你问这个干什么?是不是有学生丢了东西?"她自说自话地慌张了起来,"可不是我干的。"

"没有人怀疑您。只是想问问您有没有碰上什么人。"

"我没注意。本来想趁着学生都去操场的时候把厕所扫完,等他们回来地也差不多干了,结果这么快就散了。我刚才正在扫男厕所呢,听见动静赶紧出来了。"她说得很气愤,"这楼梯也是,我都打扫过了,刚有学生回来的时候我还看了一眼呢,还干干净净的呢,一转眼就这样了……"

"当时楼梯上一个脚印也没有?"

"没有啊,我擦得可干净了。"

"您辛苦了。"冯露葵随口客套了一句,准备转身走下楼梯。

也就是说,操场那边解散之后,楼梯上还是一个脚印都没有,这也就意味着那段时间没有人从二层下来……

又一种可能性被排除掉了,冯露葵心想,看来说不定真的就是那个女生干的。

"对了,"清洁工忽然想起了什么,"学生们散了之后,我倒是碰上过一个老师从后门进来。"

"哪位老师呢?"

"我叫不上名字。经常能在走廊里碰到。一身烟味儿,脑袋上没几根头发……"

只凭"没几根头发"这一特征,两人立刻就明白了她说的是谁。

走下楼梯,冯露葵想着,闵老师回教学楼就说明下面还有课,他在高一只教五、六两个班,她们班下节课是历史,那他很有可能是要去五班上课。

"你们班下节课是数学吗?"她问王季繁说。

"是数学,闵老师应该在我们班教室。找他有事吗?我们差不多该回去了吧。"

的确,差不多该回去了。广播已接近尾声,消防队的人说完了所有注意事项,案例也讲了三四个,怕是只剩下结语了。

"没关系,正好顺路。"

来到五班教室时,冯露葵忽然改变了主意。她先把学生会的另一名干事叫了出来。那是个住校的男生,消防演习时和宿管委员谢春衣分到了一组,任务是在操场那边监督各个班级清点人数。

"怎么了?"那个男生不敢直视冯露葵的眼睛,将视线稍稍错开,问道。

"有点事想问你,"冯露葵并没有体谅对方内向的性格,又往前迈了一步。"你跟谢春衣学姐在操场上检查的时候,咱们年级有没有哪个班无故缺人?"

"应该没有吧。稍等一下,我做了记录。"说着,他跑进教室,拿着一块塑料板回到了冯露葵她们面前。确认了夹在塑料板上的记录之后，他说，"一班、二班有两个人请病假。我们班的话，我跟王季繁不在。六班你不在。"

"是各个班的班委清点的人数？"

"体育委员清点的。"

"三班和四班呢？"

"三班三十四个人，四班三十五个人，都到齐了——至少体育委员是这么说的。你们在调查四班的黑板报那件事吗？"

"桂姗姗学姐已经查出真相了。但她不让我们跟别人说。"

最后再向闵老师确认一下有没有人从后门出入就好了——冯露葵想。清洁工说闵老师身上一身烟味，应该是刚刚抽过烟。学校里名义上是禁烟的，他应该不是回到办公室去抽的。最合适抽烟的地点莫过于教学楼的后门外了。学生们都去了操场，在那里抽烟不用担心被谁撞见。何况门外有个雨棚，站在那里也不会淋到雨。总之，那段时间他十有八九正站在后门外吸烟，不妨向他确认一下是否有人出入过……

正准备迈进五班的教室时，冯露葵却再次改变了主意。

排列整齐的课桌椅映入眼中的一瞬间，她忽然想起了什么。四班的教室里，也像这样摆了六列课桌椅，也和五班一样，靠窗的一列少一个座位。

三十六减一，正好是三十五人。

不对……

事情可能没有这么简单……

残存于黑板上的那个数字再次浮现了出来——那个用红粉笔写成、又用白粉笔勾边的"35"——在她脑海里挥之不去。第一眼看到这个数字的时候，她就有种异样的感觉，却又说不出哪里不对劲。现在她终于明白了。

为什么没有早点注意到呢？三十六减一这个公式根本就不成立。因为靠窗那排最后一张桌子被搬到了一边，成了"犯人"的踏脚台。

如果算上那一套课桌椅……

"四班……真的只有三十五个学生吗？"

4

"多亏你想到了，才及时找到了她。下着这么大的雨……"

雨势从上午第三节课开始就没有什么变化，看天气预报说可能会一直下到明天早上。桂姗姗撑着一把黑色的长柄伞，跟冯露葵并肩走在雨里。冯露葵手里握着一个饭盒。唯独在这种空荡荡的时候，操场才会显得特别开阔，隐没在雾气里的体育馆也显得异常遥远。

她们低着头，小心地绕开塑胶跑道上的一个个小水洼。

"我也是忽然想到的。"

"一般都不会往那个方向想的。"桂姗姗说，"也根本不敢往那个方向想吧。"

"学姐的意思是我太阴暗了？"

"阴暗的不是你，是高一四班那群人。"

"是啊。他们做得太过分了。"冯露葵用余光瞥了一眼桂姗姗，说道，"学姐打算怎么处理这件事呢？"

"我也不知道该怎么处理……整个班'35个人'那么有默契地欺负一个学生，这种事情到底该怎么处理呢，总不能给所有人记过处分吧？而且我担心如果处分了班委，以后那个女生的日子会更难过的。"

"能不能把她换到别的班去呢？"

"这要看她自己的意愿了。说实话，她的情况挺不妙的。换到其他班也不一定就能融入。就算能融入，以她的成绩也未必能跟大家一起升学。当然，只要她自己愿意，跟别人相处也好，提高成绩也好，也不是不可能做到……我是担心她遇到这种事情之后，已经心灰意冷了。"桂姗姗说，"这些创伤可能会伴随她一辈子的。"

听到这里，冯露葵抬起头，看了看被伞翼遮住了一半的天空。那些蓄满雨水的乌云，除了被闪电劈开的一瞬间，还真是一道缝隙也没有。

"现在再说什么责任感也好，同情心也好，好像都不会有人相信了。但我真的挺想帮她的。可是如果她自己不愿改变，那就谁也帮不上忙了。你呢，愿意为她做点什么吗？就当是卖我一个人情。"

"我们之间有什么人情吗？只是罪恶的压榨关系罢了。"冯露葵用冰冷的语气调侃道，"桂学姐派给我的工作，我可一次都没有拒绝过。"

"我倒是从没怀疑过你的工作态度。"桂姗姗苦笑道，"就是说话的态度能改改就好了。不过你这种性格，如果做了学生会主席，说不定会挺受欢迎的。"

"学姐会让我接班吗？"

"这要看你今后的表现了。"

走进体育馆，两人直奔走廊左侧的医务室而去。今天的体育馆安静得有些瘆人。若往一扇扇通往不同场馆的门里望过去，也几乎看不到人影。以往午休的时候，这里的喧闹程度总是不亚于室外，时不时还会有几颗篮球或乒乓球从门里滚到走廊。虽说有个挡风遮雨的屋顶，从教学楼到这边来却要穿过下着雨的操场。雨水让空气变得沉重，也让喜爱运动的人无心动弹。只有从走廊最右侧的几间琴房那边，还偶尔能传来几个音符。

将医务室设在体育馆里，是被很多人诟病过的设计。虽说运动中受了伤的学生能更快得到治疗，那些在教室里感到不适的学生可就没那么幸运了，不得不强忍着病痛穿过整个操场。遇上今天这样的坏天气自然很辛苦，若是在午休或放学后要从教学楼去医务室，也得提心吊胆地躲开那些在操场上狂奔的同学。

冯露葵隐隐觉得这是校方有意安排的，为的就是让学生嫌麻烦、尽量少往那边跑。

桂姗姗把伞立在走廊里，先一步走进了医务室，冯露葵也紧随其后。

医务室一进门是诊疗用的房间，有一张办公桌和两把椅子，以及一个存放药品的柜子。乍一看倒是跟医院的布置有些像。管医务室的宋老师四十来岁，以前在附近的医院做过护士，基于种种人际关系的运作，最终成了这里的校医。她总是瘫软地靠在椅背上，所以就算披上白大褂，也丝毫没有医生的样子。

宋老师平日的工作，也不过是给发烧的住宿生开点感冒药，或是往学生的伤口上涂些酒精；实在遇上病情严重的学生，就用桌上的座机从以前供职的医院叫辆救护车过来。

墙上还开了一扇小门，能通往另一个房间，里面摆着两张床。那里就是学生们所谓的"病房"。一般来说，只有昏倒过去的学生才能享受在"病房"小憩的待遇。

今天允许那个女生在里面休息，已经算是破了例。

"宋老师，那个女生怎么样了？"桂姗姗指着"病房"的方向问道。

"还在里面休息呢。"正用桌上的台式机上网的校医，扭过头来看了她一眼，又把头转了回去。"她没什么事儿，就是淋了场雨，可能要感冒。"

"我们给她带了点吃的过来。"

"最好别在里面吃,把床弄脏了就不好了。"校医点了点鼠标,弹出了一个新网页。那是一条肇事逃逸的新闻。一辆轿车在自行车道上高速逆行,造成一死两伤。肇事者尚未落网。"算了,让她吃的时候注意一点。"

桂姗姗向校医道谢之后,凑到冯露葵耳边说道,"你把饭拿进去,顺便跟她聊聊吧。毕竟是你先找到了她。我就不进去了。我在旁边她可能会紧张的。"

冯露葵点了点头,捧着饭盒走进了"病房"。在她踏入房间的一瞬间,那个女生慌张地用被子蒙住了头。从被子的隆起不难判断,那个女生正蜷缩成一团。薄薄的一层被子无法将她的啜泣声完全遮住。

床边的地上放着一双旅游鞋,和穿在二班那个女生脚上的同款,只是颜色更深一些。

"你饿了吧,我把你那份配餐拿来了。"

说着,冯露葵坐在了旁边那张空着的床上。被子剧烈地晃动了几下,似乎是那个女生在下面摇头表示"不需要"。

"没关系。不想吃就算了。不用勉强自己。"

她的话音刚落,就听见从被子下面传来了一声"对不起"。

"你没什么好道歉的。我们是真的想帮你。"

那个女生又在被子下面摇了摇头。

"为什么摇头呢?是说'不需要'呢,还是想说'你们帮不了我',只是摇头的话,我没法明白你的意思啊。"

"我做了那种事情,没有资格被你们帮助……"那个女生啜泣了几声之后,又挤出了一句"开除我吧,我不想回到那个教室里去了"。

"学校不会因为这点事就开除学生的。而且这件事是你们班上的其他人有错在先,我们不会责怪你的。"

"但是他们会的。"

"如果他们再敢欺负你,学校会处分他们的。"

"不会的。应该被开除的人是我。没有必要为了我这样的人,牺牲那些好学生。"

"这不是牺牲谁、保全谁的问题,学校不会允许有学生被欺负的。"

"这是没有被欺负过的人才会有的想法……没有人会站在我这一边的。"

冯露葵这才意识到,自己一直挂在嘴边的"学校"可能根本就不存在,只是个为方便称呼而发明出来的名词罢了。每天跟那个女生打交道的,只是一个个排挤她的同学,和对这一切视若无睹的教师,而不是什么"学校"。

这一类抽象的概念根本就不可能保护她。对此她再清楚不过了。所以只靠这些空洞而难以兑现的话,根本没法打动她。

"能跟我说说今天发生的事情吗?"

那个女生陷入了沉默。冯露葵有些担心这个话题也无法进行下去,那样的话,今天说不定只能先撤退了。

幸好她最后还是回答了,也许只是需要一点时间来平复呼吸和情绪。

"……我听到警报声,以为真的着火了。当时同学们都在往外挤,我不想凑过去。他们讨厌我,我也讨厌他们。正好我坐在窗户旁边,就从窗户翻了出去……结果那些在往外走的同学都停了下来,转过身来指着我笑。我根本不知道发生了什么……"

"没有人通知你消防演习的事情吗?"

"没有。"

"上周五班会的时候,应该每个班都通知过了才对。"

"我那天早退了。"每周五下午最后一节课是班会时间。"班会前面的一节课是英语,那个老师一直刁难我,明知道我不会还叫我回答问题……我怕他,就装病早退了。"

像她这样被班上排挤的学生,一旦错过了统一的通知,就再也不会有人单独告诉她了。

"后来我觉得可能是演习,就从窗户外面的过道往操场那边走。可是,一想到去那边集合之后,又要被那群人指指点点的,我心里特别难受。他们谁也没告诉我消防演习的事情,可能就是等着看好戏……真的太丢人了。我就没去操场集合。"

"然后你就回教室了?"

"没有立刻回去。"那个女生说,"以前有过一次,课间操的时候我没去,被检查教室的人抓到了。我怕这一次也有人来查教室,就准备去后院那边躲躲。结果走到那边之后,看到有个老师站在后门外面抽烟。如果我去后院肯定会被他看到的……我哪里都去不了,最后就躲在了教室的窗户外面,想等查教室的人走了再爬进去。"

"然后你就看到了我们来检查教室……"

"对。你们走了之后我就翻窗户进去了。这一次不是从我座位边那扇窗子,而是从后面那扇翻进去的。进去之后就看到了那幅黑板报。那些字应该是上周五放学之后他们写上去的,我来学校之后也没注意……反正写了什么跟我也没什么关系。结果真的没什么关系……"说到这里,她带着哭腔苦笑了几声,"'全班35人团结一心'——根本就没有把我算进去。"

四班的班委在操场上清点人数时也没有算上她。

"所以你就擦掉了黑板报？"

"嗯……我特地留下了那句话，就是想让他们知道是我干的。"

后来的事情，冯露葵就都知道了。她在当时就大致推测出了事情的全过程，想到被排挤的学生"作案"之后还会再从窗户翻出去，就跟王季繁一起从后门跑出教学楼，最后在四班靠后的那扇窗户北侧找到了那个女生。

那个女生当时抱着腿坐在地上，低头哭泣着。她全身都湿透了，雨水一滴一滴顺着头发落在膝盖上。预备铃响了，冯露葵让王季繁先回教室，又跑到六班的教室外，让同学从窗户递了一把伞给自己，撑着伞，扶那个女生去了医务室。

向桂姗姗报告，已经是下了第三节课之后的事情了。

"你说，我现在……该怎么办呢？他们应该都知道了吧……"

"班里的人无视你，你也无视他们就好了。在班级里无处容身，就在班级以外的地方找个容身之所就好了。"冯露葵鼓励着那个女生，说得自己都有些脸红了。幸好那个女生用被子蒙住头，不会注意到。

"班级以外的地方……那不就只有退学这一条路了吗？"

"你不如加入学生会吧，这样就没人敢欺负你了。"

"学生会……怎么可能呢？"那个女生把身体蜷得更紧了。她全身都在发抖，大口吞吐着被子里浑浊的空气。"我这么一个被田径队除名、成绩全年级垫底的废物，怎么可能加入学生会呢？"

"田径队怕是回不去了，但成绩什么的，只要用用功，还是能追上来的。"

"不可能的，我的基础有多差，我自己最清楚了……真的不可能的。"

窗外有一道闪电划过，冯露葵不想让即将响起的雷声盖住自己的话,就停顿了片刻。雷声如期而至,玻璃窗都被震得晃动了起来,那个女生也轻轻地惊叫了一声,露在外面的那只手紧紧抓住了被子的边缘。

此时冯露葵还不知道,自己即将说出口的这句话,改变了两个人的一生。

"那不如这样好了,让我来辅导你的功课吧。"

后 记

本书收录的两篇小说，都能与去年出版的《当且仅当雪是白的》扯上些关系。故事舞台是同一所学校，也共用了一些角色。《天空放晴处》算是前传，而《樱草忌》则更像是后日谈。不过，没有读过前作的读者也不妨一读。尽管故事发生的顺序是《天空放晴处》《当且仅当雪是白的》《樱草忌》，实际上先读哪一篇，都能得到截然不同的阅读体验。

《樱草忌》的标题来自法国诗人弗朗索瓦·耶麦的诗集 *Le Deuil des primevères*，直译过来应作"樱草的葬礼"（或作"报春花的葬礼"。国内的一个译本翻成"春花的葬礼"，倒也不错），我套用太宰治的"樱桃忌"的格式，生造了这么个短语。后来用日文的搜索引擎检索过，发现英国首相本杰明·迪斯雷利的忌日被称为 Primrose Day，也可以翻译成"樱草忌"。这纯粹是个巧合。

这个故事是我在阅读芦泽央的短篇集《今だけのあの子》时想到了，动笔之后却发现某些设定更接近她的另一本书《罪の余白》。然而，芦泽央笔下的故事大抵是合乎情理的，《罪の余白》甚至不乏娱乐性。而我的这篇小说，枯燥不说，一些角色的心理只怕未必能让所有读者都接受。芦泽央目前评价最高的作品，是前年由新潮社出版的《許されようとは思いません》一书，她在那本书里面或多或少地借鉴

了连城三纪彦的风格。我这篇《樱草忌》也不例外，从某种程度上说，也是在致敬连城。

连城三纪彦素以文笔优美著称，同时他也将"逆转"这种推理小说中必不可少的技巧发挥到了极致，尽管稍有模式化之嫌。借用吾友林千早的话说，其他作家笔下的逆转都是从不合理到合理，唯独连城的是"从合理逆转到不合理"，从而产生了美感、深度与文学性。我的这篇小说恐怕也是"逆转到不合理"的一例。至于美感一类的东西，本就因人而异，不必强求。一如我不可能无条件地接受连城的每一篇作品最后的"不合理"，我也从不指望每个读者都接受我的故事。

连城的另一项专长，是发掘男性的复杂心理。这是他从出道作《变调二人羽织》开始就一直专注的一个主题，也是其他推理作家无法企及的。反观他对女性的塑造，往往带有一种男性的视角，常常只是将她们的悲剧视作一种观赏对象。只可惜，我无法全盘吸取他的这一长处。我生活在一个把粗野当成"男性气质"来鼓吹的时代，如果像连城那样探究男性角色纤细的内心世界，只怕匪独我这个作者，连同书里的人物也要一并被贴上"娘炮"的标签了。因而我只能将全员都塑造成少女——至少"轻小说"的标签我尚且承受得了。

话虽如此，我倒也并不觉得自己在书里羼杂了什么"轻小说"元素。所谓"轻小说"，首先是指一种新的塑造角色的方式，然后是文风，至于角色的性别构成与年龄，绝非判断一本书是不是"轻小说"的标准。

轻小说中的登场角色大多具有明确的"属性"，看似稍复杂些的角色也往往能拆解成种种"属性"的组合，而在塑造每种"属性"的角色时，都有配套的定式可供作者参考。因此，轻小说中的角色绝不会让人感到性格模糊。然而，我这篇的登场角色里面，除了林远江能勉强归入"文学少女"一类（然而"文学少女"在传统文学中亦不罕见，与"傲娇""病娇"一类的轻小说特有的"属性"不可同日而语），叙述者叶荻等人的性格并非流于表面，而是在遭遇事件之后才慢慢展露出来的。

同时，我也不想以一种"社会派"的姿态来"探讨"什么。《樱草忌》里提及了亲子关系、网络暴力、校园欺凌等话题，但都没有深究。为了故事的完整，这些话题无法回避，但我怕是永远也不会为讨论某种社会问题而"特地"创作一篇小说。我所写的，只是故事中的人物可能遭遇到的事情，也是现实中的我们可能遭遇到的事情，仅此而已。

《樱草忌》在日本或许会被归入"抑压推理"（イヤミス）的行列，即一种放大角色（特别是女性角色）的阴暗心理，滥用一些黑暗桥段，从而让读者感到不舒服的推理小说。可以举今邑彩、真梨幸子、凑佳苗、沼田真帆香留、秋吉理香子等人的作品为代表。而《天空放晴处》则毫无疑问，是篇再典型不过的"日常之谜"。

《天空放晴处》的标题来自耶麦的另一本诗集 *Clairières dans le ciel*，直译当作"天空中的林间空地"，意译可作"云隙"，然而都不如"天空放晴处"来得自然。这本诗集目前尚无中译。

"日常之谜"是推理小说里一个比较特殊的门类，大多不会出现尸体，而是围绕日常生活中的小谜题展开故事。这类小说由北村薰发端，经过若竹七海、加纳朋子、米泽穗信、七河迦南、相泽沙呼、初野晴、三上延等人的发展，如今已蔚为大观。尽管北村薰的"我与圆紫大师"系列、加纳朋子的驹子系列等"日常之谜"经典名作尚未在大陆出版过，但米泽穗信的"古典部"系列已因其动画化而为国内的推理迷所熟知。收录于"午夜文库"的相泽沙呼的《废墟中的少女侦探》，也是一部极其正统的校园"日常之谜"。

这一类小说，在许多见惯了血腥场面的推理迷看来，未免寡淡了些。但实际上，除去少数甜腻的治愈系作品，大多数"日常之谜"名作中渗透出的恶意也好，余味的糟糕程度也好，绝不亚于那些"出人命"的推理小说。

我时常觉得，可以套用一些我自己也似懂非懂的哲学理论，把推理小说分为两个类型。传统的推理小说往往是从客观证据到客观结论，展现给读者的是一种"主客体关系"（Subjekt und Objekt）。这类小说的巅峰无疑是以"国名""悲剧"系列为代表的埃勒里·奎因的前期作品。也有另一类推理小说，推理与悬念的重点不在于 Who 与 How 之类的客观事实，而是要探究"动机"（Why）。这一类小说展现的是一种"主体间性"（Intersubjektivität），即侦探根据种种迹象和自身经验去推测、还原他人的想法。在对"主体间性"的探讨上，可能没有人比连城三纪彦和北村薰走得更远。

有不少"日常之谜"名作，将重点完全放置在"动机"上面。如北村薰最为人所称道的短篇《砂糖合战》，悬念只在于几个女高中生为什么拼命地往咖啡里加糖——唯一的谜题就是"为什么"。然而这样的处理方式，尽管有纯粹的美感，对于国内的读者来说又未免太冒进了。所以我在《天空放晴处》一篇里仍加入了一些有关 Who 和 How 的内容。也正因为我的保守，让这篇不到一万五千字的小说变得臃肿不堪。冗长的调查部分和装模作样的平面图，使它看起来更像是一篇传统的本格推理。当然，带着这种期待去阅读的人怕是要失望而归了。

恐怕，收录于本书的《樱草忌》和《天空放晴处》，若以本格推理的标准来衡量，都彻底失败了。我之前出版的两本长篇，从构造到内核都是最典型的"古典本格"。而《天空放晴处》算是勉强留下了构造，《樱草忌》就只剩下几处推理桥段了。本以为自己能做到"专己守残"，一辈子只写最传统的风格。然而写小说的人，终究只是灵感的奴隶。想到了可写的故事，又深知无法将它强行改造成本格推理，就只好老老实实地写了下来。

我只希望这本书，能稍稍拓宽中国推理界的视野。"抑压推理"与"日常之谜"，译介尚少，本土的创作甚至连模仿、借鉴的阶段都尚未达到。至于对我的文风影响颇深的辻村深月、柚木麻子、宫下奈都、岛本理生等人的青春文学，虽未必能与"古典本格"顺利对接，却也未必不适合《樱草忌》这一类的故事。

如果中国的每一位创作者都只盯着国内外的畅销作家去模仿，只是一味堆砌商业元素，而读者又非"中国的东野圭吾"不读，那么中国推理将永远被人看不起。我从未想过成为畅销作家，也不打算为卖座付出最低限度的努力。只不过，凡是国外有、国内尚没有人挑战过的类型，我都想尝试一下，哪怕最终止步于尝试、只能写出缺乏完成度的试验品，也无所谓。唯有类型丰富了，种种偏见才能被打破，读者方能各取所需，作者也好发挥各自的优势。

最后需要澄清的是，我在书里说了不少国产青春文学的坏话，也不必对号入座。说实话我也只在十几年前跟风读过几本，到现在只剩下些模糊的印象。如今的青春文学想来已不同于我中学时代流行的那些。可惜我对青春文学的理解与接受能力，仍停留在穆齐尔与黑塞的那个年代，相比彻底的娱乐产品，更想读到些德奥式的"教育小说"（Bildungsroman）。

德奥文学的这一传统已被日本的同行们继承并本土化。也正是因为读了《糖果子弹》《再见，妖精》《告别世界的最佳方式》等一批由推理作家写下的青春文学杰作，我才感到《樱草忌》是个值得付诸笔端的故事。然后，真的动起笔来才发现，舍弃了烦琐的本格推理要素之后，自己的笔力终究撑不起十万字以上的篇幅。

至此，发生在Z市那所被诅咒的高中的故事，就要告一段落了。而在《当且仅当雪是白的》和本书中客串出演的陆秋槎（一位与我同名的角色），即将迎来更多属于她自己的故事。不过在那之前，我可能会先抽空写一本没有推理元素的非系列作，或许会是本没有男主角的恋爱小说。这是我最热衷却也最常被人诟病的题材。不过，只要将这方面的创作欲全都宣泄在非推理作品里，以后再写作推理小说，说不定就不会让个人趣味无限膨胀、乃至喧宾夺主了。

本书卷端放了一首我在《樱草忌》完稿之后写的小诗，姑且算是套用了孟郊《古怨》的韵脚：

赤栏桥畔人，青绮门前水。
花事自相仍，如何隔生死。

解说： 献给少女的虚无供物

林千早

> 这儿的那些对我们表示轻鄙的人，他们也许知道一些东西；我这个工作不是为了他们。但是将来会出现同我一样禀性的人，因为时间是无限而大地是广阔无垠。
>
> ——薄婆菩提《茉莉与青春》，金克木译本

如果说推理小说家陆秋槎的《当且仅当雪是白的》是结合了少女小说元素的本格推理，那么眼下读者所见的《樱草忌》便是结合了本格推理的少女小说。既在可读性上较其他本格推理有所提高，又因其中的推理情节，比起一般的少女小说要显得曲折动人。另一方面，本书这种结合了少女小说与推理小说的写法，也算是受到了日本作家如辻村深月、柚木麻子等人的影响，将这一比较时新的小说门类引入我国。而这几位女性作家中，尤以凭借小说《镜中孤城》新近摘得日本今年"本屋大赏"的辻村深月最为著名。而新星出版社早先亦曾引进过辻村的小说，受到了一定程度上的好评。少女推理作品在中日两国的受欢迎，正说明了这一题材与当代读者的契合。相信对《樱草忌》来说亦是如此。

一

"少女小说",顾名思义,便是以少女为描写对象和主要角色的小说。自古以来,正值青春年华的少女都是各类诗文戏剧的主要描写对象。其中原因,固然有前现代乃至现代社会物化女性的恶习。然而另一方面,我们却不能不承认:既然少女是美的,而文艺作品又以表现某种"美"为目的,那么,其中多见少女题材本不足为怪。且古来创作者如过江之鲫,能将声名传至今日而不衰者,绝大多数都具有一种普适性的关怀。古典作品中如"有女怀春"的《毛诗》、香草美人的《楚辞》、甘愿作美人之衣领的陶渊明《闲情赋》,以及六朝的宫体诗歌,都是以少女为题材的佳例,正开启了后代少女小说的先河。

有趣的是,世界上最早的、真正意义上的长篇小说,正是彻头彻尾的少女小说。那便是日本平安时期作家紫式部的《源氏物语》。之所以说"彻头彻尾",不仅因为《源氏物语》中绝大多数的重要角色都是与男主角光源氏有交集的少女,更是因为作者紫式部本身身为女性,能够仔细入微地捕捉到少女的袅袅情丝,使千年后的我们读来,依旧动人心弦。而对我国来说,古典时期长篇小说的发展虽不可与诗文这样的非虚构文学相提并论,然而其中却不乏《红楼梦》这样的不朽名作。从小说的人物设置上来说,《红楼梦》亦是如《源氏物语》这般以一众少女为主要描写对象的,观贾宝玉那段著名的"女儿水作论"即可知。当然,无论《红楼梦》抑或《源氏物语》,小说之主体,并非少女,而是光源氏和贾宝玉的成长抑或"堕落"。以今日标准视之,此种"后宫"式的构图显然不算严格意义上的少女小说。且这两部伟大作品,与其说是小说,不如说是将作者所作诗文串联在一起的"物语"。《源氏物语》中的葵和紫、《红楼梦》中的林黛玉和薛宝钗的身上,是不能不带有传统诗文中"香草美人"的物化和比兴，而沦为一种作者自我表达之道具的。

而直到近代西欧，才出现了纯然以少女为小说中心的虚构类文学，这便是英国十八世纪感伤主义（sentimentalism）代表作家塞缪尔·理查逊（Samuel Richardson）的两部作品——《帕梅拉》（Pamela: Or, Vitue Rewarded, 1740）和《克莱丽莎》（Clarissa: Or the History of a Young Lady, 1748）。这两部以男性屈服于女主人公为结局的小说，在后代批评家看来，其中伦理虽不无可讥，却可以说是现代所有少女小说的不祧之祖。少女，而绝非"拥有"少女之爱的男主人公，首次成了小说的核心。而其中《帕梅拉》的书信体写法和所塑造的"女仆"形象对后代的影响尤为深远。作为近代资本主义发源地的英国，似乎在少女小说这一点上，亦走在了整个世界的前面。理查逊的小说，不仅催生了如《简爱》《名利场》《荒凉山庄》等以女性成长为主题的本国作品，更对法国狄德罗的《修女》、萨德的《美德的厄运》等作品的产生负有一定责任。值得玩味的是，比起英国和稍后的法国的"少女成长"题材的盛行，同时期德国的成长小说（Blidungsroman）如《威廉·麦斯特的漫游时代》等，却大多仍以男性为中心角色，走的是《源氏物语》《红楼梦》式的古典路线。

诚然，将本格意义上的少女小说之成立与近代思想萌芽所带来女性地位之上升的过程等同，有些失之偏颇，不过对于位处东亚的中日两国文学来讲，这却是一种事实。无论是丁玲的《莎菲女士的日记》，还是林芙美子的《放浪记》和吉屋信子的《阁楼上的两位少女》，都带有浓重的自传色彩和对一定程度上社会现状的关注。她们笔下的少女主人公的成长，和身为女作家和知识女性的她们自身的身份确立，是绝不可分的。而女性智识水准的提高，亦与中国晚清民国和日本明治大正时期教养主义自上而下的推行有着一定的关系。另一方面，这几部作品中残存的传统士大夫文学自传性，则同样可以追溯至《源氏物语》等古典小说。身处积习甚深的半传统社会中，以文艺上的舶来品去宣扬外国的独立与自由，而同时，这种关怀却又是带有某种传统的性质，这种智识化的启蒙色彩，便是中日两国现代少女小说的一种宿命。

二

与少女小说一样，推理小说当然也是一种来自西洋的舶来品。熟悉推理小说史的朋友们一定知道，推理小说一方面是西方近代文明对法制和理性追求的产物；另一方面，正如笔者在为新星出版社去年出版的拙译相泽沙呼《废墟中的少女侦探》撰写的解说中所提及的，是西方对其古典时期所曾经追求，而为中世纪教会所抛弃的逻辑精神的追想。同样，也正如拙文所言，推理小说与被教会所污蔑为"魔女"的知识女性形象亦是密不可分的。不须更说推理小说鼻祖爱伦·坡所谓"美少女之死"是诗歌永远主题的观点，在古典本格黄金时期三大家的笔下亦屡屡见到对旧时女性之遭遇的不平之鸣，如奎因的《凶手是狐》、卡尔的《皇帝的鼻烟壶》和阿加莎的大部分作品均是如此。

然而，将少女小说"推理化"，却仍然是东邻日本的发明。虽说如今的种种批评，大多将佐佐木丸美作为最早的少女推理小说作家，不过佐佐木的《雪之断章》等作品在其生前并不广为人知。集少女推理之大成的，正是一九七八年凭借《无可救药的青春》一书出道的栗本薰。其笔下"伊集院大介系列"的作品《温柔的密室》即是以名门女校为背景，充斥着种种自传色彩的推理小说。事实上，初版于一九八一年的《温柔的密室》在写法上亦可以说是将本文前述的吉屋信子等人的小说"推理化"的结果。这部作品中，自传式的女子高中生的种种烦恼占据了事件发生前的所有篇幅，虽与真正涉及"推理"的部分的衔接略显生硬，不过这种写法，究竟是前人所未发的。

而栗本薰以外，"日常之谜"的开创者北村薰自《空中飞马》以后的"我与园紫大师系列"，即是完全以小说中的"我"从女大学生到女编辑的生涯为主线，理所当然是典型的女性成长题材。而系列中的《秋花》一作，所涉事件又发生在女子高中，可以说是承《温柔的密室》之余绪并将之发扬光大的作品。从这个意义上说，北村薰而后的"日常之谜"作品，凡以少女成长为题材者，如加纳朋子的《玻璃麒麟》、相泽沙呼的《卯月之雪与迟来的信》等等，都是新时代的少女小说。另外，一些传统意义上的少女小说作家，如柚木麻子、岛本理生等人，也多有带着推理色彩的作品。抑更有可论者，早年在集英社著名的少女小说丛书"コバルト文库"出版过四本少女小说的友桐夏，时隔十年后的其第五本作品、同样少女小说色彩浓厚的《击落星辰》，竟然直接跳转到了东京创元社的著名推理小说丛书"推理前线"出版。这两种类型小说的"合流"，委实值得深思。

若是谈论今日日本的少女=推理作家，辻村深月无疑是一个不容忽视的名字。从出道作《时间停止的校园》，到后来的《没有钥匙的梦》和《太阳坐落之处》，再到近年大热的《告别世界的最佳方式》以及刚刚摘得本屋大赏、行将引进吾国的《镜中孤城》，辻村似乎总是将目光投向女性从学校到职场和家庭的种种转变。其笔下的少女，亦多抱持有为旁人视作别扭，而实为一种真挚的complex。我们大抵知道，以绫辻行人为首的第一代新本格作家的作品多带有青春小说色彩，而受到绫辻行人影响开始创作的辻村深月，在随后的作家生涯中所走的路线，比起绫辻来说，却更像是传承了栗本薰以来的一种少女小说之精神。其他当代日本的推理小说虽多有"少女"元素——如以少女成长中的complex为主题、在小说中增加女性角色等等，然而仍可以说是日本文学骨髓里所受到的《源氏物语》的影响，以少女为一种多少有物化之嫌的客体。而在辻村深月笔下，女性的成长，而非死亡，才是小说的全部。这不能不说是近乎栗本薰、加纳朋子、柚木麻子，而远于绫辻行人的。而辻村深月成熟之后的作品，也和当年的《温柔的密室》乃至《雪之断章》一样，最大限度地削减了本格推理意义上"事件"所占小说之比重，以求还原出真正的、鲜活的"少女"。

三

通观《樱草忌》全书，其中心事件正是少女林远江的死亡。林远江的周围，是不能全然理解她的友人，是全然不能理解她的大人们，是能够全然理解她却一意逼害她的亲人。而在她死后，她的个人意志才通过那本扭曲的手记，得到了某种扭曲的、发泄式的伸张……少女的成长和夭殒，自然是少女小说的永恒主题。《樱草忌》所继承的传统，自然包括了自《源氏物语》以来的少女文学，尤其是佐佐木丸美、栗本薰和辻村深月以来的少女推理小说。

然则，从《温柔的密室》和《告别世界的最佳方式》，再到《樱草忌》，这一系列的作品中除了"少女"这一关键词之外，恐怕就是"知识"，抑或"教养"了吧。在《樱草忌》中，爱好文艺、参加过作文大赛的林远江自然是一位"本格的文学少女"。而文艺给少女们带来的，究竟是什么呢？小说中的一个核心情节，便是林远江是否偷窃了亚里士多德的《尼各马可伦理学》，直接关涉到了林远江死后所留日记的真实性。事实上，用经典文艺作品作为关键道具的手法，同样可以在辻村《告别世界的最佳方式》中找到，斯书中的女主角安妮，正是读了日本现代文学史上诠述古来女性主义文学的不朽名作——涩泽龙彦的《少女收藏序说》之后，才开始"渴求被杀"的。再反观前文所述的近代以来诸种"少女文学"，《名利场》的开场便是女主角贝姬将约翰生博士的词典弃如敝帚，而吉屋信子、栗本薰等人的作品中处处可见嗜读凄惨文艺的少女，最终走上了和作品中相似的凄惨结局的情节。如果说《名利场》所说，是让少女"扔掉书本走上街头"的话，那么近代的东亚作品中的少女们，则只能借书本那蜡质的翅膀，以逃离闺中。

当然，劝百讽一，辻村深月们的这种写法，无疑和笼罩在东亚女性头上那深厚的、传统文化的乌云有关。翻开胡文楷的《历代妇女著述考》和施淑仪的《清代闺阁诗人征略》中引录的传统文人为其能文之妻女所作之传记，便会发现，将女性的早夭，与她们自幼"嗜读《楚辞》""善属文"联系在一起，正是传统文人的一贯措辞。哪怕是以开明著称的明末文人叶绍袁，在《返生香》中述及自己女儿叶小鸾之死，亦会暗示：正是她的"才情"造成了她的死亡。文艺和知识会给女性带来不幸，在这种理学化的语境下，文学少女所读虽是传统名作，但其所为却是对传统的一种反逆。东亚传统的男权社会，是绝不容许作为男性之附属品、理应被禁锢的女性获取任何程度上的想象的。哪怕这想象，是凭借自古以来为男性士人所传颂之物而生。《告别世界的最佳方式》和《樱草忌》中的书本，所象征的正是这样一种禁忌。陈寅恪先生早年曾标举"三纲六纪"作为中国文化之最高理念，而到了晚年的《论再生缘》，却极力表彰陈端生"摧破"三纲对女性之束缚，其根本原因，正是那在汉代为最高理念的"三纲六纪"，到了后来，反而沦为了一种类似于缠足的可怕束缚。

进一步说，《樱草忌》中以知识和书本反抗着母亲的专制的林远江，最后以一本谎言铸成的手记，走上了与母亲一样逼害他人的道路。如果说栗本薰和辻村深月笔下的少女以知识为武器，在叛逆中成长，而近年来为世人所关注的《房思琪的初恋乐园》中少女终究被男权化的知识所戕害的话，那么知识和文艺，在《樱草忌》中扮演的则是一种较为中性的形象。林远江的被迫害，本不是因为她是否有着传统男权语境下的"才情"；而她死后的谎言，亦不甚关乎她是否盗取了象征着知识之火种的《尼各马可伦理学》。作为身处封闭空间而想象外部世界的知识，始终如《理想国》中的洞穴比喻那样，是一种人造的、虚构的权宜之物。《告别世界的最佳方式》最后，长大了的安妮终于知道，涩泽龙彦并不曾鼓励少女以死反抗平庸，而林远江的饱读诗书，最终也没能让她脱离母亲的影响。知识和想象只是知识和想象，既不能作为残害妇女的武器，也不适合逃避现实。那么在这个意义上，或许可以说，书本终究是无用的吧。《樱草忌》最后对于林远江"动机"的揣测，正回应了这种无力感。

四

读罢《樱草忌》，或许我们可以将之排列在"少女＝推理小说"的谱系之内，亦可以看到这本作品在那谱系中的独特价值，将之看作一篇献给所有和林远江，乃至小说中的所有人物有着相似经历、受到相同迫害的少女的祭文。诚然，如前文所述，这祭文本身、一如其中所欲表达者那样，是中性的、无力的，乃至虚无的。而生活于这个世界上的少女们的行事，亦是混沌的、盲目的，乃至绝望的，绝不同于传统推理小说中那般理性。然而，作为此种历代凄惨少女灵前的供物之一的《樱草忌》，在"原文本"(meta-text)意义上，却不失为对我们身处之时代的现实的一种见证，至少提醒着，或试图提醒我们：林远江的悲剧不在于因书本而成立的叛逆不逊，而在于那些借此名义，遮蔽着他们事实上的迫害之人。

而作为作者的友人，有幸在初稿阶段即拜读了《樱草忌》的我，亦曾为小说中林远江的结局而深深哀恸，用梵语写过输洛伽体(śloka)诗二颂，相当于汉语旧诗中的绝句一首，试图橐栝这部作品。现在《樱草忌》即将付梓，便将这两颂用拉丁字母转写后加以汉语译文，附在下方，以竟此解说——

nānukāmayitavyaḥ puṣpagrīṣmo puruṣena |
tat sarvaparipullo'pi vipatyaḥ kavinā kathā ||
lokaśūnyatānirvaṇakṛtaḥ prajñāviśesikaḥ |
kṣāṃto naivaṃ dūraṇadī tu tasyāś caritaś ceva ||

晚春之花不需被一般人所悲悯，
即使是全盛之时，其零落也有诗人来传颂。
造作空虚寂灭的世界是殊胜智慧，
而忍受那样的世界却不是。远江和她的平生便如同这样。

图书在版编目（CIP）数据

樱草忌 / 陆秋槎著．—北京：新星出版社，2018.8
ISBN 978-7-5133-3160-9

Ⅰ．①樱… Ⅱ．①陆… Ⅲ．①长篇小说－中国－当代 Ⅳ．① I247.5

中国版本图书馆 CIP 数据核字 (2018) 第 146418 号

樱草忌

陆秋槎 著

责任编辑：王 萌
责任校对：刘 义
责任印制：李珊珊
封面绘图：（日）中村至宏
装帧设计：人马艺术设计 · 储平

出版发行：新星出版社
出 版 人：马汝军
社　　址：北京市西城区车公庄大街丙3号楼　　100044
网　　址：www.newstarpress.com
电　　话：010-88310888
传　　真：010-65270449
法律顾问：北京市岳成律师事务所

读者服务：010-88310800　　service@newstarpress.com
邮购地址：北京市西城区车公庄大街丙3号楼　　100044

印　　刷：三河兴达印务有限公司
开　　本：910mm×1230mm　　1/32
印　　张：7.5
字　　数：122千字
版　　次：2018年8月第一版　　2018年8月第一次印刷
书　　号：ISBN 978-7-5133-3160-9
定　　价：39.00元

版权专有，侵权必究。如有质量问题，请与印刷厂联系调换。